結婚の地平

本間美江
Honma Yoshie

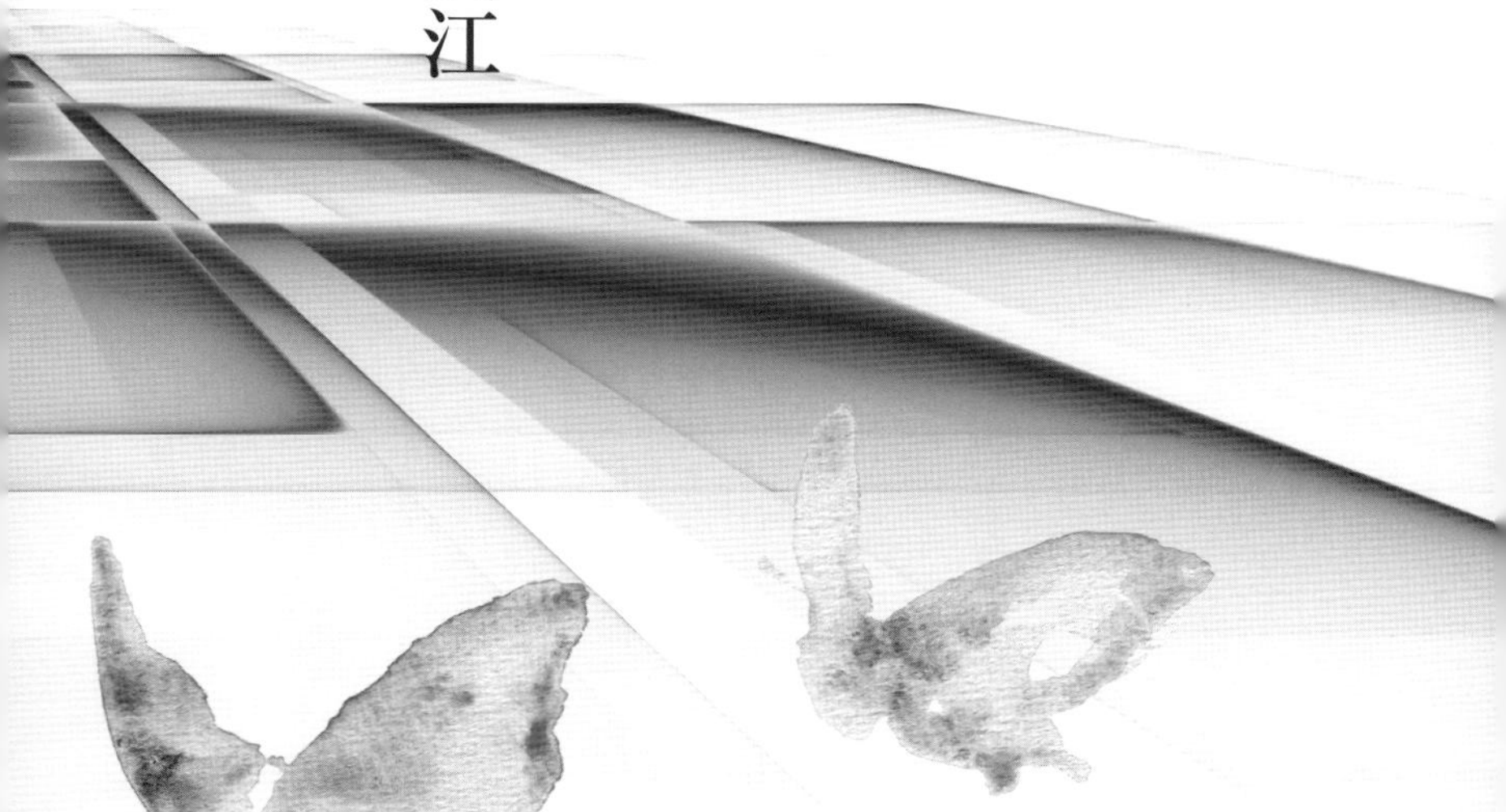

東方社

結婚の地平 * 目次

題字 古田美鳳
装丁 高島鯉水子
挿画 森島 花

結婚の地平

奈辺にありしかきみよ
このつたないものがたりを捧ぐ

第一章

蘖《ひこばえ》

一

朝のラジオは札幌の気温、零下十三度と報じていた。

藤原淑子は、時計台の建物から出て来た。黒っぽいフランネルのコートをはおり、顔半分隠れるくらいにオレンジ色のストールを巻きつけて眩い光に目を細めた。

黄緑色のペンキが剥げかかったとんがり屋根の時計台は、市立図書館になっている。毎時カンカンと乾いたような素朴な鐘が鳴るが、余韻に乏しい。本好きの淑子は毎週日曜日に、ここに通っていた。

本の入った大ぶりのバッグを持って外に出ると、風がないせいか思ったより暖かいと思いつつ、大通り公園を行き交う人の群に混じった。開催二日目の雪まつりをざっと見て帰るつもりだった。雪像は昨夜降った新雪で薄化粧したようにきれいだ。

淑子は、踏み固められた雪みちにキュッキュッときしむ快い音を楽しみながら、並みいる雪像を横目に早足で歩いた。そこには映画や雑誌で人気の主人公や漫画サザエさん一家がいろいろポーズしていた。カツオにワカメ、トレードマークの父親の禿げ頭の一本の毛は針金を曲げて作られていたが、淑子は思わず笑ってしまった。なかには似ているのも、似ていないが特徴をよくとらえていると思われる雪像もあって結構楽しんだ。

二十七歳の淑子は、前年の三月に離婚した。

いま大股で歩きながら彼女は存分に大気を吸い込み心は弾んでいた。およそ七年余の年月を空費したような悔恨から、仕事を終えると時間のある限り読書三昧の日を送っているのであった。――――

淑子が道南の片田舎から札幌に出て来たのは昭和二十九年（一九五四）十九歳になったばかりの一月の事だった。そのときは凄い大都会！　迷子になりそうと驚きの目を見張ったものだったが、住んでみるとわかりやすい街だった。碁盤の目のように区画整理ができていて、東西南北に走っている市電は一丁目毎に停留所があった。

おのぼりの淑子が見た冬の札幌の街は、そこいら中のビルの太い煙突から、真黒い煙がもくもくと吹き出し、建物も街路樹も煤煙で薄黒かった。ビルではボイラーで石炭を燃やしてスチームを通しているため、早朝からその煤煙が空を覆い、灰色に霞んでいた。雪もここでは真っ白ではない。その上に新雪が降り積もるから、道路の両側に除雪された壁の様な雪の層は、あとからあとから降り積もる新しい雪によって、年輪のように白と黒の縞模様ができている。

一般家庭でも、ほとんど暖房に石炭を使っていたから、煤煙だらけの戸外で働く人の鼻の穴は真黒になっていた。その煤煙が気管支の弱い人によくないなど、露ほども知らずにいた、戦後の復興期の只中であった。

淑子は、道南の静内町という町の定時制高校に通いながら勤めていた。その会社で宮下徹と出会った。十八歳だった。彼は札幌から来ていた。

淑子はいまだによく分からないが、それが恋の芽生えだったのかどうか定かでない。徹は何かに苦しんでいた。しかし淑子と海や山に出歩くようになると、見違えるように表情が明るくなったのは事実だ。二人の交際は次第に知られ夜学生の分際で、もっての他、と非難のまなざしは淑子に向けられた。そうしたことから会社に居づらくなり、二人は札幌に出て来て結婚生活に入った。

当初は下宿屋を営んでいる徹の実家の一部屋に住み、淑子は賄いを手伝ったが、外に出て働きたかった。

彼女は自分の容貌に自信がない。体型は自分の意志で変えられるが、容貌はそうはいかない。淑子は常に劣等意識を持っていた。

ある日、新聞の求人欄に、

『アナウンサー募集学歴経験不問』と出ているのを見つけた。何のアナウンサーかわからないが学歴経験不問なのだから、と淑子は応募した。

それが『あかしや広告社』だった。

面接に行くと、十人ほど流行のミニスカートで装った若い女性が来ていた。淑子にはみんなが美人に見えて、そこですでに心が怯んだ。

その日、一人ずつ防音の録音室に座って、渡された四百字ほどの原稿を読んで収録した。それだけで面接らしいこともなく、通知はあとでと言われた。アナウンサーなのだから、容貌に関係ないはずであるが、淑子はほとんど諦めていた。ところが採用通知が来たのだ。実に思いがけなかった。

あかしや広告社は、札幌の中心街の木造三階建て雑居ビルの中にあった。札幌に来て、この都会のど真ん中で初めて会社らしい所に勤めて、広告業界というのを知った。淑子にはすべてが珍しかった。

この界隈は一般に四丁目十字街とよばれ、目印の札幌三越をはじめ、新聞社の支局、銀行、商社、そして狸小路商店街や、大小の店、飲食店等が軒を並べる大繁華街になっていた。市電はこの十字街で、東西南北に交差しているから、乗りかえ客と買物客らで、日がな一日ごった返していた。

市電が走る道幅はかなり広かった。軌道だけは石畳であるが、あとは舗装もされていない砂利道だった。そこでは引越し荷物を満載した荷馬車や自転車、歩行者、リヤカーを引く者らが、自由に雑多に行き交っていた。

淑子が勤めたことで、徹と淑子はアパートを借りて二人で暮らしはじめた。

淑子が初めて出社した日、社長はみんなの前で紹介した。

「今日からスライドのコマーシャルを担当してくれる宮下淑子さんです」

「よろしくお願いします」淑子はどきどきしながらお辞儀をした。見ると男ばかり十人ほどいて、若い女が一人だけ。眼鏡をかけた恰幅の良い社長はにこにこしながら、

「名前が淑子さんだから、よっちゃんでいいな、よっちゃんと呼ぼう」と言った。すると誰かが、

「みっちゃんとよっちゃんか。ハハハハみっつよっつだ。こりゃ覚えやすい」と言ったのでみんなが笑った。

「それから、よっちゃんは、はたちだけど結婚しているから、みんな承知しておいてくれな」と社長はなんのことか含み笑いをした。

数日経つと会社の様子がわかってきた。事務員の美津子は、断髪にミニスカートのボーイッシュな子だった。笑うとえくぼが可愛い。仕事は主に電話番のようで、ほかに伝票起こしや、金銭出納帳など簡単な事務をしていた。淑子が改めてよろしくというと、すぐに、「うれしい。男ばかりで女一人っていやだったの」と人懐っこい笑顔で喜んでくれた。

美津子はまさに青春真只中という感じで朗らかだった。ほかには男性の営業社員が十人ばかりいた。彼らは朝の会が済むと書類袋を抱えて出て行く。社長と、風間という男性だけが残っていた。そのうちに社長も風間も外出すると、室内はしんとした。

美津子は淑子と二人きりになると、頻繁にかかってくる電話の合間に、盛んにおしゃべりをした。淑子には美津子が滑らかに電話で応対している中身はさっぱりわからなかった。

「よっちゃん何歳で結婚したの」と美津子は訊いた。

「去年だから二十歳」

「じゃあ今の私と同じ歳で？　旦那さんどんな人？」美津子は興味津々で訊くが、淑子は自分の結婚についてはあまり言いたくなかったから曖昧な返事をした。

「よっちゃんってどこか静かな人だと思ったけど結婚しているからかな」

「私、自分に自信がないから目立ちたくないの」淑子は実際内気だった。

「そんなことないよ。でも結婚できたんだからよかったじゃない」

「まあね。みっちゃんは、もてるでしょ。彼いるの」

「うん、実はね、いま会社の阿川さんと付き合っているの」

「へええ阿川さんって、あのイラストの？」

「うん」

「そうなの。それでせっせとおしゃれしているのね」

淑子は笑った。美津子は暇さえあれば化粧ポーチをとり出し、しきりに眉毛をかいたり紅をつけたりしている。電話が鳴ると、

「よっちゃん取って。そのほうが慣れるから」と言う。淑子は受話器を取ったが、相手の言うことがよくわからず、トンチンカンな名前を復誦して戸惑っていると、相手はいらいらして「みっちゃんはいないの？」と言う。淑子は脇の下に汗をかいた。まず顧客の担当の名前から覚えなければならず、慣れるまで一ヶ月はかかった。

美津子はこんなことを言った。

「あのさ、募集のとき、よっちゃんの声ってすごくかわいくてはきはきしていて、あの日、十人以上応募してきた中で抜群だったんだよ。みんなで何回もテープ聴いて文句なしに此の人だ！ってきまったんだから」

「そうだったの。よかった」淑子はうれしかった。その上にこれも特技ということで、普通の事務員より給料もよいのだった。

淑子は営業の男の人たちの名前と顔を覚えようと一生懸命に美津子に訊いた。彼女は誰と誰は結婚していて誰と誰は独身だと説明しながら、それぞれの特徴を面白くとらえて形容するのでよくわかった。

風間というのが主任だが、誰も主任とは言わず風間さんと呼んでいた。独身の男は、二十二歳の沼田と、二十五歳のイラスト担当の阿川、そして最近入社したという斎藤と山本で、あとは妻帯者だった。

男性たちは一人を除いて全員が煙草呑みだったから、さほど広くない事務所は、朝と夕方などみんなが揃うと、煙草のけむりでもうもうとした。朝の会が済んで、営業員が出払うと、美津子は窓を大きく開ける。と、たちまち電車の音と街の騒音と共に、寒気が押し寄せてきて室温が一気に下がる。さわやかな空気の入れ替えでほっとする。

二人は灰皿と湯呑み茶碗を洗いながら雑談をした。

淑子の仕事は映画館の休憩時間に流すスライド広告のコマーシャルを吹き込むというものだった。一コマ十五秒か二十秒の短い広告文を音楽に乗せて二十コマほど読みあげるのである。顧客の入れ替わりや特別セールなどがあり頻繁に作りかえる必要があった。

会社の一角を二坪ほど仕切り、簡易な防音室がある。壁には五十センチ四方ほどの二重のガラス窓が作ってあった。部屋の中には机と椅子があり、マイクが立ててある。淑子がそこに座ると、防音室のガラス窓の向こうに座っているディレクターの風間が、イヤホーンをつけて手で合図するからそれに従い、淑子は手元のCMを読む。風間が操作するテープレコーダーは直径三十センチのリール型で、動かしたり止めたりする時ガチャンと大きな音がした。

CM原稿は客があれもこれもいれてくれと希望するが、なにしろ十五秒か二十秒に納めなければならない。淑子は早く読んだりゆっくり読んだり、時には原稿を手直ししたりした。風間は几帳面な男らしく、納得がいくまで淑子に何度も読み直しをさせた。終わるとそれをすぐに、誰かがいれば一緒に試聴した。問題がなければ、「これでよし」と、細面の柔和なまなざしを淑子に向けて「ご苦労さん」と言うのであった。ささやかな達成感があった。

スライド写真の方は、顧客の店舗や商品、モデルを使い撮影する。イラストを加えて出来上がると、それを会社の壁に映し何度も確認して完成である。そして映画館の映写室に持ち込まれるのである。札幌市内の映画館だけでなく、道内主要都市の映画館のスライド広告も製作していた。

淑子が入社して一年ほど経ったある日の事、美津子はいつもと違って朝から沈んでいた。

「どうしたの？」みんなが出払うのを待って淑子が訊くと、

「あいつ、私の友だちの一人といい仲になっているらしいの。昨日白状した」

急に美津子は涙をぽろぽろこぼした。

「え、阿川さんってそんな人なの？」

「女たらしだってことわかった。私悔しい。私が妊娠しているのがわかったら急に逃げ回っている。あいつは嘘つきなの」またこみ上げてくる涙を拭った。

「結婚する約束じゃなかったの」

「私はそのつもりだったけど、あいつは遊びだったのよ」

淑子は驚いた。何と言って慰めたらよいかわからない。

「母にばれて、堕すことになった。早いほうがいいって」美津子はまた思い出したように涙をこぼした。

「結婚する前にそういう男だってことわかってよかったじゃない」

「まあね。もうこの会社にいたくない。女って損ね。私がばかだったのだけどさ」

いつしか伸ばして肩までたらしている黒髪をかきあげながら、その日笑顔は戻らなかった。いきいきぷりぷりと若さではち切れそうだった美津子。淑子が入社して一年余りの間、毎日のようにデートして、この世の春を謳歌していると思っていた美津子の変貌ぶりに、淑子は言葉もなかった。そして彼女は辞めてしまった。


淑子は美津子がやっていた電話の応対と事務などもすることになり忙しくなった。

会社では、毎日、朝の会があった。社長は四十過ぎで、東北出身の豪放磊楽な押し出しのよい男だった。四角ばった顔立ちで眼鏡をかけ、いつもダブルのスーツを着ていた。

壁に貼ってある棒グラフの、今月の営業成績表を見ながら、物差しで「この辺り低迷しているな」とやんわり下位を指して奮起を促す。上位の三、四人はいつもきまっていた。風間と梶田、それに新婚の川辺、若手の沼田はだいたい目標をクリアしていたが、四十に近い小野寺と、入社二年目の二人斎藤と山本、そして年配の風采のあがらない山田と上林は低迷組だった。イラストの阿川も一定の成績を求められていたが、やはりぱっとしなかった。

丸テーブルが一つ。壁に沿って三、四人が掛けられる長椅子。そして折り畳み椅子が並べられた即席の会議室である。みんなは膝の上に書類をのせて鉛筆を握っている。一人一人が、担当の客の反応や見通しなどを説明しなければならないから真剣な顔をしている。そして社長は、世の中の情勢や新しい広告媒体について、ひとしきり新聞からの情報などを披歴し、最後に檄《げき》を飛ばして終わる。

その日は、会が済むと、風間と何やら囁き合ってから、社長はそそくさと出かけてしまった。すると急に緊張が解け、皆はやれやれという感じでリラックスした。

「あーあ、社長はいいよな。俺らの苦労も知らないであやってはっぱかけるだけだもんな」古株の梶田は溜息交じりに、成績の上がらない小野寺をかばうように言った。小野寺は子どもが四人いる。どんな事情があったかわからないが、数年前に四国の高知県から、こちらに来たという男だった。善良さが禍して押しが利かないのである。

「おれのほうで一件回すから小野寺、気を落とすなよ」風間は言った。

札幌の冬は二月が一番寒い。最低気温を記録するのもこの月である。気温は大体マイナス十四度からマイナス十七度であるが、突然暖気が訪れたりするのも二月である。

「寒いのに外回り大変ですね」

淑子が熱いお茶を淹れて配りながら誰にともなく言うと、

「なに、喫茶店で二、三時間はたむろして煙草をふかしているのさ」

誰かが言ったのでみんなが笑った。

「ええっそんなに長時間？　コーヒー一杯で」と淑子が驚くと、

「ハハハ、いろいろ打ち合わせもあるのだよ。あ、そうそう、よっちゃん、急ぐのがあるから原稿の下読みしておいてくれるかい」

風間は淑子に指示すると、くわえていた煙草をもみ消して、

「M社とF社の大口の契約がとれたらみんなで一杯飲みに行くべえ」と、彼らのやる気を誘うように言った。

「おお！　そうこなくちゃあ」と、歓声があがった。飲んべえの梶田の声が一際高かった。

そうしてやがてそれぞれが紙袋を抱えて、雪がちらつく街へと出て行くのであった。

淑子は、会社でいろいろな男性を知るにつれ、みんなそれぞれの場所で懸命に働いているのを見ると、徹のからっぽやみ（働かない男）が骨身に沁みて情けなかった。徹は、生きることに後ろ向きで雲の上を歩いているようなところがあった。

いつもなにやら難解な本を読んでいる。ニーチェとか、ラ・ロシュフコーの箴言、カフカなどという淑子にはその名前さえ知らない書物である。

仕事に就いても短期間ですぐ辞める。時々しか働かないから当然、台所は火の車である。淑子は定収入のある生活の安定が欲しかった。そのことで言い争うこともあった。といっても淑子が一方的に相手を責めているだけで、徹のほうは無言だから、暖簾に腕押しである。漱石の小説に出てくる高等遊民ならいざ知らず、現実に明日の米もない日すらあった。淑子の給料など高が知れているが、それでも彼女は工夫して、簡素な食事を作り、一日でも有り金を大事にして食い延ばしていく他なかった。

徹が仕事をしているときはほっと息をつき、失業しているときはどん底の繰り返しで六年余りが過ぎた。

初秋のある朝のこと、淑子は呼吸が苦しくなり目が覚めた。何だろうと思いながら起き上ると少しは楽になったものの歩くと息切れがして動けない。徹にすがって近所の医者へやっとの思いで行くと、医者は診察し、

「喘息ですね」と即座に言った。

「初めてですか？」と問われたので淑子は、「はい」と答えた。医者は、

「初めてならば突発性の喘息かも知れません。これは精神的な事から起こると考えられています。つまり、過労や不安や緊張など精神に大きな負担をかけることから突然起こるものです。何か思い当たることとありますか」と言った。淑子は首をかしげた。

「これでは苦しいでしょう。静脈注射をします。楽になりますからね」と言われて横になった。太い注射器でゆっくりと注入され、薬液が体内を巡ると、少しずつ呼吸が楽になるのがわかった。立つとよろよろした。

会社に電話をかけて二、三日休む事を伝えた。翌日もまた苦しくなり注射をしてもらったが、注射は二回までで、あとは薬を飲んで安静にと言われ、出社ができるまでには十日以上かかった。その翌年の春も起こった。季節の変わり目に起こるのがわかった。このことは淑子にとってショックだった。

初めて淑子の脳裏に離婚という二文字が焼きついた。

だが言い出すのは容易ではない。徹は己のていたらくを充分自覚しているので淑子が離婚を口にすれば、否とは言わないだろう。それがわかるだけに言い難い。可哀そうな不甲斐ない男と思うと疚しさもある。徹が働いていて幸せだった年月も、なかったわけではない。淑子は自身を納得させるために心にいろいろ言い訳をし、やっとの思いで別れ話を切り出した。そのとき徹は意外そうに、

「別れるなんて、おれとおまえはそんな軽い結びつきだったかい」と言った。

「軽いか重いか、そんなことではないの。生活していけるかどうか、それが問題なの私には」徹は黙っていた。

「毎月家賃の心配をして、食べていくことに汲汲としていることに私は疲れたの」

しばらく無言ののち、

「おれには返す言葉はないよ」

これが徹の答えだった。別れたいと決心してから一年以上経っていた。

離婚した淑子は、札幌に居を移していた実家に戻ると、生活苦から急に解き放たれ、あまりの気楽さに夢でも見ているようだった。

父も義母も、高校生の弟も妹も、出戻りの淑子を迎えてくれた。父の辰夫は口には出さないが、よく決心したと目で言っている。徹と暮らしている頃、この父は、淑子がいよいよ困って電話で泣きついても、決してお金を貸してくれなかった。

「その暮らしが本当に辛かったら別れて帰って来なさい」と言うのみであった。

父の辰夫は数年前に、大通り西六丁目にある「電気新聞」という業界新聞社に仕事を見つけ、その社屋の管理人となって家族でそこに移り住んでいた。

辰夫の仕事は、建物の管理や走り使い等であった。五十ccの原付自転車の免許を取り、それにまたがり社用で走り回った。ときどき転んでは、あちこち紫色に打撲傷の痕をつけて苦笑していた。

実家から会社に通う日々で、淑子は出来るだけ家事を手伝い、家族との団らんに心からくつろぎ、本来の自分を取り戻していった。

しかし淑子はいつまでも実家にいるつもりはなかった。少し貯金ができたら、小さなアパートを借りて自立するつもりでいた。自分を律して、自分の生活を築きあげていくのが本当だ、と強く信じていた。女だからといって男に頼って生きるのが当り前とはまったく思わなかった。

――そして、離婚から一年経っていた。札幌に住むようになって八年目の二月だった。図書館を出て雪まつりの大通り公園を歩きながら、淑子は今日借りた『嵐が丘』を読むのが楽しみで気持ちはわくわくしていた。

淑子は離婚したことを会社に報告しなければと思いつつ、独身になってからの自由さを満喫するのに忙しかった。つまり読書に加えて映画を観る楽しみがあった。会社では仕事の関係上ほとんどの映画館の招待券は、顧客に渡す分のほかに営業に使うため、一定の枚数を確保していた。それは風間が管理していたが、淑子は観たい映画があれば貰えたので好きなだけ、ただで映画を観ることができた。

淑子は親友である吉田百合子をよく誘った。

その百合子は、しばしば残業が、などと言って、映画に誘っても行けない日が多かった。恋人でも出来たのかしら、彼女ほどの美人ならそうであっても不思議はない、などと淑子は考えた。

淑子は退社後、映画館で菓子パンや、焼きとうきびを齧りながら一人でスクリーンの世界を心ゆくまで堪能した。また彼女は『アンナ・カレーニナ』『戦争と平和』などの古典をまだ読んでいなかったが、それらの映画を観たのち、原作を読むと、その感動たるや映画の比ではなかった。そこで、映画は愉しむもの、好きな女優、男優にうっとりして、架空の恋愛や冒険を疑似体験するものと捉え、読書とは別種の気楽な息抜きにした。そして寝る前に二、三時間、日本文学や世界の文学を、図書館で借りまくって熱心に読んだ。わからないところは飛ばして読んだが、淑子はそれを勝手に勉強の時間と位置づけていた。

二

離婚して淑子の内面はたしかに変わった。が、外面も多少の変化はあったらしく、「よっちゃん、この頃なんか若返ったようでないかい」などと、梶田はよく観察している。ちょうどそのころ、札幌でも高度経済成長期への突入などと言われて、市内中心に続々とビルの建て替えが始まった。あかしや広告社の木造三階建て雑居ビルも建て替えで引越すことになった。三月初旬の寒い日だった。

みんなで騒がしく引越し準備が始まった。

「それぞれ自分の関連のものはまとめて、家から風呂敷を持ってきて包んで置いてくれな。すぐ積み込めるように」と風間は言った。

「はーい」誰もがこのむさ苦しい場所から、少し郊外になるものの、新しい事務所に越すのを喜んでいる。

当日、曇っていたが幸い雪も降らずに、トラックが来た。運転手一人だけだから、みんなで机や椅子やソファなどを三階から階段で下ろすのである。

机を移動させていた山本が「これ何ですか！」と、すっとんきょうな声をあげた。机の下から埃にまみれた、あやしげな写真の束が出て来たのだ。引出しに物を入れ過ぎると奥の方から下に落ちて、机を動かさない限りそれは落ちたままだ。

梶田はすぐにぱらぱらと見て、

「これ、辞めたやつのだな」と言った。ほかの連中も興味ありげに寄ってきて、くすくすと笑い合っている。梶田はすぐに「よし、ゴミだ」と言うと屑入れに投げ込んで「さっさとやろうぜ」と気合をかけた。

新しい住所は南六条西十四丁目だった。中心から離れたものの、その代わりに広々していて応接室や会議室もあり、小さいながら社長室もあった。防音室もしつらえ、机も増やした。玄関を入るとカウンターがあって、実に全く会社らしくなった。

いままで穴蔵のようなせせこましい所にいたから、みんなは急に会社の格が上がりでもしたように、どの顔も嬉しそうに見えた。早出で開始したから一日で一応の片付けが済むと、風間は営業の連中を七時には帰宅させた。

そして彼は半年ほど前に電気学校を出て入社した二十歳の坂本志郎、通称「坂」だけを残して手伝わせた。風間は、録音機の設置や配線をともかく今日済ませてしまおうと考えていた。彼は手を動かしながら、

「よっちゃん、済まないけどもう少し残ってくれるかい？　録音のテストをしたいから」

「はい。何時まででも大丈夫です」と淑子。

「随分歯切れよく言うね。旦那さんが待っているのではないかい？」淑子は思わず笑った。

「どうして笑うんだい」風間と坂は二人で淑子を振り向いた。

「風間さんごめんなさい。私、実は一年ほど前に離婚したのです。早く報告しなければと思っていたのですが、つい言いそびれて」淑子は下を向いた。

「ええっ、何？　離婚したって、本当かい？」風間はひどく驚いた様子をした。ど近眼の坂も眼鏡をずりあげながら口をぽかんと開けて淑子を見ている。

「へえ、そうかい。まあそれは後で聞くよ。ともかくまだ時間がかかりそうだから晩飯の出前を頼んでくれるかい。坂もよっちゃんも、好きなものを食っていいぞ。俺はかつ丼に

する」

「ええっ、かつ丼でもいいのですか？　じゃ同じ」と、坂。「わあ嬉しい。私もかつ丼」

淑子は少しはしゃいで、近所の大衆食堂『どさんこ』のダイヤルを回した。出前が来るまで淑子は給湯室の戸棚を拭いたり、湯を沸かしてお茶の準備をしたりしながら（離婚のこと思いがけずさらりと言えてよかった）とほっとした。おしゃべり放送局の坂ちゃんの耳に入ったのだから明日中に全員に知られる。それでいいと淑子は思った。

「やあ、かつ丼なんて僕しばらくぶりです」感激したように坂は早速食べ始め、うめえと、うなるような調子で言っている。

「これからは『どさんこ』さんのお世話になりそうだけど、割とおいしいね」

三人は新しい応接室にいるのであった。

「よっちゃん、離婚したなんて、びっくりさせるよな」風間は煙草を吸いながらまだ丼に手をつけずに淑子を改めて見ていた。

「ぼく、よっちゃんと結婚したい」坂は無邪気に口をもぐもぐさせながら言った。淑子は危うく吹き出しそうになった。

「無理だろ、お前のような若造が」風間は笑いながら左手で坂の頭をごつんとやった。坂

は肩をすくめて、

「ところで、よっちゃんって幾つになるんですかあ」ととぼけた口調で訊いた。

「女性に年を聞くものじゃない」と風間。

「私この会社七年目になる。丁度いまの坂ちゃんの歳に入社したのよ」淑子は言った。

「へえー、じゃあ、よっちゃん二十七ですか？　本当ですか？　もっとうんと若いと思っていました。よっちゃんなんて呼ぶし」

「よっちゃんは全然変わらない。お客さんに声がきれいで気持ちいいと評判なのさ」風間はそう言うと、急に気がついたように割箸を割ってかつ丼を食べはじめた。


その日もやわらかな雪が降っていた。

社長はこっちへ越してから社長室があるからか、以前はほとんど社にいなかったのに、今はよくいるようになった。手洗いから出てくると、ハンカチで手を拭きながら、

「なんだって、よっちゃん、離婚したんだって？」突然だみ声で淑子に向かって言った。

「あ、はい」あわてて淑子は恐縮した。

「独身に戻ったってわけか」と、にこにこして言う。その様子は、離婚したことを少しも

不幸と捉えているふうはないから淑子も苦笑するしかなかった。

「子どもはできなかったの？」

「はい」

「それなら面倒はないな。苗字など手続きしといた方がいいんでないかい」

「はい。もうすぐ会計士の山本さんが来るのでそうしてもらいます」

淑子が言うと社長はふんふんと頷きながら社長室に戻って行った。

その時、風間が頭から雪まみれになって入ってきた。

「やあ、まいった」

「どうしたのですか？」

「まともに被ってしまったよ」

ササラ電車の雪煙を浴びたのだ。札幌名物になっているササラ電車は、台所で使うササラたわしをヒントに、長さ一メートルもあるモウソウ竹で巨大なササラを作り、それを車体の両側面に沢山とりつけ、猛烈な勢いで回転させながら雪を蹴散らして進む除雪車である。

風間は手でぱたぱたとコートの雪を払いながら笑っている。

「だって、警笛鳴らしていると思いますけど、気が付かなかったのですか」淑子はあきれた。社長も出てきて笑う。

「少し考え事してはいたが……」コートを脱いだ風間は淑子が差し出したタオルで頭をごしごし拭きながら、きまり悪そうにした。

「淡雪だから、びしょびしょですね」淑子は椅子をスチームの傍に寄せて、風間のコートが早く乾くように椅子の背に掛けた。

「風間君ちょうどよかった。打ち合わせがあるから来てくれ」社長は言った。

淑子が熱いお茶を淹れて社長室の二人に持って行くと、もうもうとした煙草の煙の中で、地図を広げて盛んに印をつけていた。

夕方になると、営業の連中がもどってくる。領収書を出す者、交通費の清算、日報を書くなど、騒がしいひとときがくる。

その日、坂は背広の袖口を鍵裂きにして、

「よっちゃん、針と糸あるかい」と訊く。

「あるよ。どれ、脱ぎなさい。縫ってあげるから」淑子は引出しから小さな針箱を出して繕ってやる。

「どこで、こんな鍵裂きつくったの?」

「それがさ、三越の裏手を歩いていたら、ニッカウヰスキーの木箱がトラックから降ろされているところだった。僕のおやじ、余市の工場で働いているんだ。あ、と思って立ち止って見ていたら、横を女の子が二人通ったので道をあけたとき、その木箱にひっかけちゃったんだ」

「おまえ、女の子に見とれていたんだろう」

「違うよ。本当は、そんなところに突っ立っていると邪魔だと、髭面の野郎が小突いたからだよ」

「そうやって、むきになるところが、おまえメンコイよな」沼田はからかっている。

「はい、出来たよ。チョンガーは仕様がないね。彼女いないの」淑子は笑いながら坂に渡す。

「サンキュウ、よっちゃん僕の彼女になってください。お願いします」

と上着を着ながら坂は毎度の事にみんなの笑いをかうのであった。

三

「あれっ、きれいだなあ。水仙だ」その朝、「あかしや広告社」と書かれたガラスの引き戸を開けて早々と出勤してきた社長と風間は思わず笑顔になっていた。

淑子は週一回、夜の部の生け花教室に通い出した。その花をその日、初めて会社に持ってきて水盤に生けた。殺風景だった会社のカウンターが、急に華やいだ。

「花があるといいねえ。会社らしくなった。よっちゃんは生け花の心得あるの？」

風間は言った。

「いいえ。習いに行き始めたのです」

「そうか、じゃあ花代だけでも会社の経費で出していいよ」と言った。

「いいんです。うちには置くところもないし、ここに生けると、お花が映えるから私は嬉しいのです」淑子は本当にそう思っていた。

数日後のこと、淑子が掃除をしていると、風間が一番に一人で出勤してきた。その朝、社長は小樽に所用で出かけたとかで、彼はコートを掛けたあと、机の引出しを開けたり閉めたりしていた。そのうち何か言いたそうに落ち着きなく淑子のそばをうろうろしている。

「なにか？」と淑子が訊くと、

「ちょっと、その、よっちゃんに聞いてもらいたいことがあるんだが……」奥歯に物が挟まったように風間はその先を言い淀んでいる。するうちに、

「おはようございます」と扉を開けて、人のよい眼鏡の小野寺が出勤して来た。そして、沼田が、梶田が、川辺が、坂がと、次々に顔が揃う。一番遅いのはいつも阿川だった。するともう、がやがやとてんでにしゃべり出す。よっちゃん、あれして、これしてと、朝のあわただしい時間が始まるのであった。

　風間は、普段の彼にもどり、社長のいない朝の会を取り仕切り、てきぱきと指示を出していた。彼は仕事に向き合うと、結構厳しく、それでいて八人の営業社員、一人ひとりの個性をよくつかみ、やさしい気配りも見せ、仕事上のトラブルは自分が表に立って、これを引き受け、全員をうまくまとめていた。そういう風間を淑子は知っているだけに、今朝は何を言おうとして、あんなに、もじもじしていたのかと疑問に思ったが、それもすぐに忘れた。

　翌日、前評判の高い映画『アラビアのロレンス』が封切られた。淑子はかねてから観た

いと思っていたから、事務所の中が落ち着いてから風間に「アラビアの招待券一枚いいですか」と、早速たずねた。風間はふと顔をあげ、

「俺も観たいから、一緒に行こう」

彼にしては珍しく淑子にだけ聞こえるように小声で言った。

「え？」淑子は一瞬戸惑ったが、

「はい」と言った。傍目には仕事の返事としか聞こえなかっただろう。

「今夜いいかい？」と重ねて聞かれ、淑子は「はいわかりました」と、なぜか事務的な口調で返事をしてしまった。

その日、風間は社長と打ち合わせをしたり、机で書き物をして一日事務所にいた。

淑子は自分の仕事をしながら、今夜、風間と二人で初めて映画を観に行くことに若干の気おくれがあった。いつもひとりが好きだったから、映画は百合子以外の人とは観なかった。

その夜、封切りになった『アラビアのロレンス』の六時からの部に、淑子は風間と並んで座った。予告編の後に映し出されるスライド広告と流れる音声を、風間は職業意識を働かせて見詰めていた。淑子は映画館に来る度、気恥ずかしさがあったが、風間と一緒に自

分の声を聞くのは一層恥ずかしかった。

前評判の通り、映画はワイドな画面の大迫力に引きこまれ、夢中で観終わった。

「ラーメンでも食おうか」出ると、風間はごく自然に誘った。淑子もそう抵抗感もなく、頷いた。注文したものがくるまで、映画の主人公の渋い演技がよかったね、などと普通の会話をしていた。あとは、お互いに無口でラーメンをすすり、八分位食べ終わったところで、風間と淑子は同時に言葉を発した。互いに相手の声に黙ったから、つい顔を見合わせて笑った。淑子はどうぞと掌を風間に出した。

「実はよっちゃんに個人的に聞いてもらいたいことがあるんだ」

風間は淑子を見ないで、丼の中に言った。

「なんですか?」淑子は風間を見て言った。

「出てから話すよ」と言って風間は勘定をして外に出た。

夜の八時過ぎ繁華街の、すすきの界隈は、まだ宵の口だった。四月の夜風は少し冷たいもののどこか春の気配がした。

風間はなかなか口を切らない。二丁ばかり歩いて、やっと言った。

「よっちゃんさっき何を言おうとしたの?」

「昨日の朝、言いかけていた事は何ですかと聞こうと思ったのです」

「ああそうかい。……よっちゃんはどうして離婚したの？」と風間はずばりと訊いてきた。

「いろいろあって、一口には言えないです」

「そりゃそうだ。離婚は難しかったかい？」

「ええ、とても大変でした」

「向こうが渋ったのかい？」

「そうではないのですが、言い出せなくて」

「そうか。離婚は難しいか」

風間はまた沈黙した。すすきのから大通り西六丁目まで歩いて来たが、風間は一向に話し出さない。大通り公園の六丁目はケヤキの森といわれている。太い木立の黒い影が月の光に長く伸びていた。

「きれいなお月さま。おととい満月だった」

淑子は空を見上げた。風間は、ああと言って月を見上げただけで何も言わない。

「私が住んでいるのはあの電気新聞の建物です。父が管理人をしていて、会社の奥のほうに家族で住んでいるのです」

淑子は月がぼんやり照らしている木造の二階建てを指さした。

「ああそうかい。いいところだね」

「ええ、でも自分の家じゃないから」

「そうはいっても便利じゃないか」

「前がそのまま公園と言うのが、私、気に入っているのです」

と言いながら淑子は、風間が話の本題に入らないのをもどかしく感じて、ショールを巻き直したりしながら、足もとの雪塊を次々に踏みつけていった。風間は、

「時間もう少しいいかい？」と言った。

淑子は頷く。

「ここのベンチに座ろう」大きなケヤキの木陰に置いてあるベンチにふたりは座った。

「実は俺も、家庭の事で悩んでいるのだ。ずっと前から……」

また言葉が途切れた。あとの言葉を淑子は根気よく待った。余程悩んでいるらしく見えた。風間は煙草を一本取り出してポンポンと手の平の上でたたき、先の方の紙をちょっと畳むようにして咥えた。

「何から話したらいいかわからないが、よっちゃんの離婚を知った時から、自分の事を聞

いてもらいたいと思うようになった。夫婦がうまくいかないということは、それを経験した人にしかわからない、と俺は思う」

「でも、私の場合、随分特殊なケースだからあまり参考にならないと思いますけど」

淑子は正直に言った。風間は、

「離婚する人はみんな特殊な問題を抱えているのではないかい。同じではないだろうさ」

そして風間は、今度の日曜日にゆっくり話せるかと聞いたので、淑子は頷いた。

四

次の日曜日に風間と淑子は、北一条の北海道庁の入口で待ち合わせた。休日で道庁の公園もひっそりしていた。庁内の右手には高木樹林と池があり、池には枯れ蓮が浮いていた。

この赤れんがの建物に淑子の友だちの百合子が勤めている。淑子は昼休みにちょっと来て、庁舎地下の食堂で一緒に昼食をとったりしていた。

「よっちゃんはどうして離婚したの？　詳しく話してくれるかい」風間は訊いた。

淑子はからっぽやみの徹のことを話した。北海道では働かない人のことを「からっぽやみ」と言うのだが、風間は苦笑いした。

「病弱だったのかい？」

「もしかしたら、精神の病気だったかも。でもわからない。単に怠け者だったのかもしれません。朝起きることができないの。私はいつも生活の心配ばかりしていました。わるい人ではなくて、気の毒な人だった……。勤めても半年と続かない。私の給料では食べていけないし、とても辛かったのです」

「そうだったのか。そんなことときみの様子からは想像もできなかった。何年暮らしたの」

「七年ほどです」

「子どもがいなくて幸いだったな」

「ええ、父に何度も子どもは生むなと言われていました」

「そうか。お父さんはきっと相手を見通していたんだな」

「夫婦が別れるのは大変です。別れたいと思いはじめてからも長いこと悩みました。相手がそれを考えてもいないのだから、なかなか言いにくくて。憎み合ったわけでもないし」

「その人とどんなふうにして知り合ったの」淑子は風間に自分の過去をいま、洗いざらい話す必要はないのではないか、と一瞬考え、

「それは……思い出したくないのです。もう済んだことで、別れてからこの一年、ほんとせいせいしました。父にも心配かけっぱなしだったし」

「そうか。わかった。ともかく別れられてよかったな」風間はしみじみと言った。

そして自分の話を始めた。


風間真吾は小樽で生れ育った。十八歳のとき父親を亡くした。十人きょうだいで兄四人姉五人の末っ子で、うち二人は幼くして病死、兄三人は戦死、姉四人は嫁ぎ、父親の死後は母親との二人暮らしになった。母親は真吾が小学四年の時、脳溢血で左半身不随となっていた。

母はいざり歩きをしながら、自分の用を足し、身の回りのできることはした。

真吾は、シャッターの会社で働きながら定時制高校を卒業した。彼はそのまま慣れたその会社で働いた。修理なども器用にこなすので社長にも有望視された。

一年ほど後、社長に呼ばれ、自分の一人娘と結婚して将来の後継ぎになって貰えないか、無論まだ若いから婚約だけして、という話である。真吾はその娘のことを噂で知っていた。よく考えた末、断った。断ったらなんとなく居づらくなり、転職した先が「あかしや広告社」だった。彼の月給と母に支給される兄たちの遺族年金とでつつましく暮らした。

炊事、洗濯、掃除等何でも母に教わりながら真吾がした。母は自由になる右手と片言で、明治の女性らしく家事について、末っ子の真吾に丁寧に教えた。料理の作り方から後片付け、ご近所とのつきあいまで。また母の指導で、夜なべで穴の開いた靴下や股引の破れに継ぎをあてて繕った。化学繊維が出回る前は、だれでも継ぎあてをした木綿の靴下を穿いていた。ネルの生地を買って母の腰巻きも縫った。そのうちに化繊の毛糸が出回るようになると、近所に嫁いでいる姉に編み方を教わり、母と自分の靴下を編んだ。暖かくて丈夫で、実に画期的だった。これで夜なべの「継ぎあて」から解放されたのである。

こうした母との二人暮らしで、真吾は家事全般、ひと通りのことはこなした。

その頃、会社は広告業界の進展の波に乗り、札幌に社を移した。始めは劇場の緞帳が主たる業務だったが、映画全盛期となり、社長は映画館の休憩時間のスライド広告に着目して、これを営業種目の主に据えるようになった。

真吾は住まいを札幌に移した。日帰りでは済まない地方出張も多くなり、真吾はその都度、近所に嫁いでいるすぐ上の姉に、留守中の母の世話を頼んだ。姉も婚家に気兼ねがあり、真吾に嫁を貰うのが一番よいと考えた。

昭和三十二年、真吾が二十三歳のときだった。近所に住むいわゆる取り持ち大好き、世話焼きを生き甲斐にしている西條タキという人の計らいで、江別市に住んでいる女性と見合いをすることになった。

真吾の住む借家は六畳二間に台所。六畳のひとつは茶の間で、そこにはいつも母親の寝床があり母が横になっている。

タキは、ここで見合いをするのは不適切と考えた。そこで、真吾を花嫁となる女の家へ連れて行った方がよいと判断してその日、五月の晴れた日曜日であったが、真吾とタキは二人で江別に向かった。列車の窓側に向かい合って座ると、タキは言った。

「相手は中村菊枝さんといって、女三人姉妹の一番下で、年はあんたと同じでね。まあ真吾さんもあんな体のおっかさんを抱えているから……」そこで言葉を濁して、

「いま月給はいくらなんだい？」と訊いた。

「一万五千円ほどです」真吾は言った。

「家賃は？」

「三千円です」

「それじゃ嫁が来たら厳しいんでないかい」

「はあ、母が戦死した兄たちの遺族年金を貰っています。それが六千円ほどあります」

真吾はタキの前でかしこまって答えた。

「ああ、それならやっていけるべさ。真吾さん酒は飲むのかい？」

「まあ少しは」

「賭けごとはしないかい？」

「しません」

タキは、ひと通りの身上調査を終え、おとなしそうな真吾を満足の気持ちで見やった。札幌江別間は汽車で二十分ほどである。やがて中村家に着いた。大きくも小さくもない二階家で、丁寧に座敷へ通され、型どおりの挨拶を交わした。真吾は当の菊枝の前に座らされ、タキに紹介されたのでちらっと菊枝を見たが、すぐ目を落とした。すごい厚化粧という第一印象だった。人気のイタリア女優ソフィア・ローレンを連想した。

自分の思い描いていた女性像とはまるきり違う。だがじろじろ見るのもわるいようで、目をそらしていた。タキは一人でしきりに真吾の事を真面目で、体の不自由な母親の面倒を見ながら、家事をやっている感心な男だと、盛んに褒めあげている。真吾は下を向いて黙っていた。昼ごはんが振舞われたが、何を食べたか、何を話したか少しも覚えていない。

ただ相手の大きな目と口、そして高い鼻、立ったとき背が自分と同じ位だったということに圧倒されていた。

真吾は家で改めて菊枝のことを考えてみた。

「かあさん、俺見合いしたけど、あんまり気が進まないのだ」母に言った。

「それなら断ればいいいんでないかい」と真吾にしかわからない言語で答えた。

「西條さんにわるくないだろうか」

「一生のことだから、わるいってことはないさ」母は言った。好みを言っている場合ではないかもしれないが、真吾は断りたかった。しかし姉さんは何と言うか。いろいろ思案したものの仕事にかまけて放っておいた。すると、ひと月くらい経って当の菊枝から思いがけず手紙がきた。

『先日は江別までお出で頂き、ろくなおもてなしもできず失礼いたしました。あまりお話もせずに帰られたので、何かお気に障るようなことがあったかと案じております。桜のつぼみもほころんで、よい季節になりました。お仕事の都合がつきましたら、どうぞ遊びに来てください。お待ちしております。乱筆にて失礼します』

真吾は女性から手紙をもらったことがない。菊枝の手紙は、きれいな字で教養のある女性のように感じた。

彼は大柄で厚化粧だった菊枝のことを改めて思い浮かべてみた。あのひとを美人というかどうかわからないが、自分の妻としてどうしてもそぐわないような気がした。自分は普通の男で、性格もどちらかといえば地味で、女性には臆病である。その上貧しいし、精いっぱい働いてもたかが知れている。やっぱり断ろうと決めたが、それをタキに、どう言ったらいいか、ほとほと困った。菊枝の事を実際は何も知らない。自分は外見だけで菊枝を好ましく思っていないが、人間は内面が大事だ。どうしようかと真吾は新たに悩みだした。母に手紙を読み聞かせ、また意見を聞いた。母は真吾が好きなようにしなさいと言う。断るなら早くそうしなければ、と、気にかけつつ返事も書かず、そうこうしているうちに、第二の手紙である。真吾はどきっとして開封した。

『お変わりありませんか。お仕事忙しいことと存じ、お手紙などお邪魔かと思いましたが二人のあいだに持ちあがったお話。これも何かの縁と思いますと、真吾さんのお気持ちはどうなのだろうか、私は嫌われているのかしらなどと、くよくよしております。もし、忙しいだけなら私がお助けできるのではないかとも考えたりいたします。どうぞお体大切に。

かしこ』

真吾の胸に急になにやら暖かいものが湧いてきた。自分は忙しさにかまけて何の返事も出さず、あれから二ヶ月も経っている。そしてまた手紙である。何回も読むと、やさしい人のように思われる。きっといい人に違いない。タキの所に近いうちに行こうと思った。

そこへ彼女がやってきた。

「真吾さん、あの話はどうなりました?」

「すみません。毎日夜遅くまで仕事で」

「そうだろうとは思ったけど」とタキは急に向きを変えて、

「おっかさん、具合はどうですか? いま真吾さんにいい縁談があるんですよ。聞こえますか?」彼女は声を張り上げて、母に語りかけた。母は大きく頷きながら、片手でタキを拝むような仕草をした。

「はいはい、わかりましたよ」と言うとタキは真吾に向き直り、

「真吾さん、向こうに返事していいかい。こんなこと言うのもなんだけど、きょうびの娘ときたら姑がいたらどうの、小姑がいたらどうのと我がままだからねえ。真吾さんも贅沢は言えないべさ」返事の遅いのがタキにはよほど業腹だったらしくべらべらとまくしたてた。

「はい、それは承知しています。済みませんでした。この話、どうぞよろしくお願いします」真吾は頭を下げた。

「菊枝さんはたいした器量よしじゃないかい」真吾はまた黙って頭を下げた。

「そうかい。じゃあ、きまりだね。おっかさん、よかったね。嫁が来てくれるよ」

タキは母に向かって言った。母は精いっぱいのお辞儀をした。


結婚したものの、菊枝は真吾が想像していた妻というイメージとかけ離れていた。朝、起きない。新婚数日はそれでもいいかと、寛容な気持ちでいたが、日を重ねても同じであるばかりか、最低限の家事すら満足にできないことがわかってきた。

夕飯の食卓には、毎度惣菜屋で買ってきた出来合いのおかずを並べている。付け合せのキャベツも、炒め物にするような大きさで、母の口に合いそうなものはない。佃煮、漬物、缶詰め、壜詰め等々じゃんじゃん買ってくる。

ある日、彼がキャベツを母のために小さく切ってやろうと、台所に立った時が菊枝との言い争いの始まりだった。

「男のくせに台所に立たないでよ」

「じゃ、キャベツは毎回できるだけこまかく切ってくれないか」と真吾は遠慮がちに言った。菊枝はむっとした顔をして無言で真吾をにらんだ。彼が卓袱台にもどると、真吾の服の脇を母が引っ張ったので見ると、母は首を振って私ならこれでいいからと真吾をたしなめるのである。

それにしても毎日出来合いのおかずでは、経済が立ちゆくわけがない。

果たして、給料日前に、お金がなくなったという。真吾が給料は全部渡してあるのだから、どうすることもできないというと、

「こんなに給料が少ないとは思わなかった」

菊枝は急に彼にくってかかった。

「仲人には伝えたはずだ」

「聞いてないよ、そんなこと。私は洋服も化粧品も実家から持ってきたお金で買っているのに」菊枝は次々と不満をぶちまけた。

「きみには経済観念というものがないのか。普通の人は、夫の収入の範囲でなんとかやりくりして、次の給料日まで持たせるのだ。そうでなければ食っていけないじゃないか」

「そんな理屈聞きたくない。こんな貧乏所帯だとは思わなかった。やっていられない」

聞く耳持たずの菊枝だった。そして翌朝、黙って出て行ってしまった。真吾は、なんという女性だろう、あの手紙をくれた人が菊枝なのか、どうしても繋がらない。あの手紙で自分が勝手に夢想しただけだったのかと、頭を抱えた。ところが、三、四日経つと、おそらく実家で諭されたのだろう。何食わぬ顔で戻ってきた。真吾はあきれて母の顔を見ると母は、何も言うなという素振りをするので彼は黙っていた。それは結婚して一ヶ月後のことだった。

そのころ、三種の神器と言われていた冷蔵庫、テレビ、洗濯機のひとつ冷蔵庫を庶民の間でもぼつぼつ買う人がいたが、まだまだ高嶺の花だった。それを菊枝は買ってくれと言ってきかない。

「おれの収入では無理だ。そうでなくてもかつかつなんだろう？」

「だから月賦で買えばいいでしょ」

「月賦だって毎月払うのだ。それでやっていけるのか」

「そんなことわからない」と無責任である。

ひと悶着の末、仕方なく買った。母が片方の手で拝むようにするからであった。母はいつでも菊枝の味方をした。

その冷蔵庫に次々と買った品を押し込み、何がどこにあるかわからない。それは彼女にとっては「ない」に等しいのである。又買う。冷蔵庫の中は乱雑を極めている。見かねて真吾が整理をすると古い食材が腐って出てくる。もったいないと思い、注意すると、「いちいちうちのことに口出さないで、男のくせにうるさいんだから！」と、菊枝はかっとなる。真吾も腹に据えかねて言い返す。

「お前は一日中何をしているのだ。掃除もせず、料理も満足にしないじゃないか」

菊枝は、形勢が不利になると手近の物を投げつけて来るようになった。それが次第にエスカレートするようになったから、真吾はそれが始まると、とっさに卓袱台《ちゃぶだい》を盾にして母を守り、嵐が治まるのを待つ。

やがて家中を修羅場にし、菊枝は化粧をしてボストンバッグを手に出て行くのである。その時真吾は切に思う。ああ、このまま戻ってくれなければと。そして夜中までかかって後片づけをするのであった。

しかし、敵は数日後には、実家から金をせしめてくるらしく、デパートで買い物をして、上等の豚カツなどを並べている。真吾が会社から帰ってみると、何食わぬ顔をしてそこに鎮座している。これには溜息が出た。

母は近頃、真吾と菊枝が争うと、涙を見せるようになった。母を悲しませないためには自分が我慢するしかないと、諦めるのである。

こんな結婚をするとは。真吾は、たとえ家の中が散らかっていても、料理が下手でも、心が夫婦として寄り添っていたなら、そんなことは許せるのだ。根本の所でずれているのが辛かった。この菊枝と一生暮らさなければならないのかと思うと暗澹とした。

真吾は、父と母との三人暮らしで、すべての家事を担った。彼は主婦の仕事の大変さも知り尽くしている。それ故に結婚したら妻を大事にしようと思ったし、家事の手伝いをするのに何のためらいもなかった。それが菊枝には裏目に出たのだ。彼女には、女の領域に口を出すうるさい男、金銭に細かい男と写ったのであった。

自分は会社で仕事している限りは解放されるが、母は一日中家にいるわけで、菊枝の機嫌を損なわないようにと、気遣う様子が可哀そうで、真吾はなんとかしなければならないと、とつおいつ思い悩むばかりだった。

ある日のこと、何かの書類に菊枝が書いた字を見た時、かつて貰った手紙の字とまるきり違うことに気付いた。

「あれ？ 見合いの後でくれた手紙の字と全然違うが、あれはきみが書いたのではないのかい？」

「ああ、あれは姉さんが書いた。私は手紙なんか書いたことない」菊枝は平然と言った。それがどうかしたの、という顔つきである。真吾の驚きといったらなかった。家の人と一緒になって自分を騙したのだ。それをラブレターのように思って何度も読み返し、大事にして有頂天になった自分が滑稽で哀れだった。

真吾は菊枝との離婚ということを本気で考えるようになった。しかし、タキに直談判する勇気もないのである。もう一年経っていた。

真吾にとって、家庭はくつろぐ場ではなく、母親の世話をするためと、寝るためだけの場所であり、なおかつ忍耐を強いられる夫としての苦渋の時間があるだけだった。

五

菊枝は、風間家に嫁いできたものの、家は借家でその暮らしぶりの質素さに、まず驚いた。夫の月給の少ないのにはあきれ、自分のすることなすことに、やんわりながら文句をつけることにも、我慢がならなかった。

札幌に住んだらと、菊枝が思い描いていた生活とはまるで違い、何一つ意のままにならなかった。末っ子で甘やかされ、勉強が嫌いで不良仲間と遊びまわる青春だった。親は諦め、早く嫁がせることだけを望んだ。当の菊枝は自分には札幌こそが似合うと信じ、地元の人との結婚は断固として拒否した。

真吾と最初の喧嘩で実家に帰ったときは、

「絶対に別れる。あんなにうるさい人とは思わなかった。それにひどい貧乏なんだから」

彼女は本気で戻らないつもりだった。

「月給取りはそんなものだよ。菊枝は札幌に住めるなら、いいと言ったのではないかい」

姉は、なんとしても帰そうと懸命だった。

「いやだ。持って行ったお金もおおかたなくなった。足りないから使ってしまったし」

「しょうがないねえ。まあ初めての里帰りと言うことで、二、三日ゆっくりしてさ、また戻るんだよ」

「いやだ。絶対戻らない」菊枝はふくれっ面をして母親と姉を困らせた。

菊枝は娘時代のように着飾って、江別の街を歩いた。知人に会うと、

「あら菊枝さん、里帰りかい？」

「新婚気分はどうだい？」などと昔のボーイフレンドは下品な笑みを浮かべて冷やかすだけで誰も相手にしてくれない。菊枝はあれ？と不思議な違和感を持った。だれもちやほやしてくれないばかりか、よそもの扱いである。四日ほど経つと姉から、

「四、五日が限度だよ。いつまでもいると、戻りにくくなるだけだから明日戻りなさい。知らん顔していれば、それでいいのさ。向こうだってあんたがいなけりゃ困るはずだ」とうるさく言う。菊枝は仕方なく小遣いを貰って札幌に戻った。

果たして真吾も母親も何も言わない。菊枝が留守のあいだも滞りなく過ぎているようだ。

そしてまた、少し経つと、無駄なものを買い過ぎるなどと真吾の不平が始まる。

「実家から貰ったお金だよ。あんたに文句言われる筋合いはない」菊枝はむっとする。

「そんなこと言うのなら離婚しよう。実家に行くたびに金を貰ってきて、俺の立場はどうなる。俺は俺の収入の範囲で暮らすのだ。それが出来ないのならもっと金持ちと結婚しろ」

真吾は本音を口にする。

菊枝は悔しくてならない。菊枝だって、こんな家にいたくない。離婚したいが、実家では母親を押しのけて、いつしか姉が大きな顔をしている。今では実家は、四、五日居るだけの場所となってしまい、離婚しても菊枝には帰る所はないと同然だった。よし帰ったと

しても、江別という街そのものが、菊枝にはよそよそしく感じられ、離婚されたという格好わるいレッテルが貼られるだけだった。

風間の家では、いつも茶の間で寝たり起きたりしている姑が、黙っていながらも、菊枝の行動をすべて見ているような感じがあり、菊枝にはむしゃくしゃする種でもあった。

ある日、真吾がやさしい時に、

「市場で出来合いのおかずを買って何が悪いのさ」と訊いてみた。家事の手伝いをさせられたこともなく、実家で贅沢に慣れている菊枝だったから実際わからないのであった。

「材料を買って作る方が経済的でおいしいだろう」

「私、料理はできない。作ってもまずくて捨てちゃうから買った方が安い。いままで失敗していっぱい捨てたし」

「だからさ、捨てたならそれはそれでいいよ。料理は誰でも最初は下手さ。だけど毎日の事だ。繰り返して作っていればうまくなっていくんだ。そうでないかい?」真吾はやさしく言ったが菊枝は黙っていた。

「日曜日に俺がおふくろに教えてもらって作っていたのを一緒にやってみるかい」

「いい。私は私のやりかたでやる」菊枝はがんとして受け付けなかった。真吾が何に付け、おふくろと言うのが気に入らない。先日も「新聞に載っていた料理だけど、簡単でうまそうだ。作ってみないかい」と赤鉛筆で囲んだ新聞の切り抜きを寄こした。菊枝は癪に障って丸めて捨てた。

菊枝の唯一の慰みは、近所の柳沢という名の奥さんとお茶を飲みながら、おしゃべりすることだった。娘時代のことや、おしゃれの話をしていると、時の経つのも忘れた。

その奥さんは、主人が主人がとよくのろける。負けず嫌いの菊枝は、喧嘩ばかりしているのはおくびにも出さず、嘘八百ならべて対抗した。なぜ夫と仲良く出来ないかということに思い悩んだことはない。あいつが悪いのだ。私のすることなすことにけちをつける。それが菊枝の結論であって、何事も深く考えないのである。(喧嘩など実家にいるときから、誰彼となくしまくってきた。いちいちあいつみたいに、かっとならずに話し合おうだなんて、そんなことできるものか。七面倒くさい理屈ばかり並べやがって、ふん。あんなやつ)菊枝は心の中でひとりごちる。

冷蔵庫を買うと言い張ったのも、テレビを実家から金を貰って買ったのも、柳沢の家にそれがあるからである。

見栄を張るために、菊枝は実家に帰るたびに、足りない足りないとこぼして、当然のように無心した。実家ではしょっちゅう「喧嘩した、別れてやる。今度は絶対に別れる」と、息巻いて帰って来るので、その都度姉はなだめて金を渡し帰すのであった。

一年が過ぎると、菊枝は子どもが欲しくてたまらなくなった。柳沢の奥さんに子どもができて抱いているのが羨ましい。

夫との不仲など菊枝にとってなにほどのことでもないが、子どもが欲しい。真吾は、子どもは欲しくないと言い避妊している。何故だろう。この時ばかりは少し考えた。私は子どもが欲しい。柳沢の奥さんのように赤ちゃんを抱きたい。菊枝の願いは強かった。

あの奥さんと対等に付き合うためにも子どもを産みたい。子どもができるまでしおらしくしようと、菊枝は真吾の機嫌をとり、夜の生活も自分から積極的に迫った。

六

真吾は追い詰められていた。

離婚したいという自分の本音を、喧嘩の都度口にしているが、菊枝は本気に受け取っていない。実家に帰っても金を貰って、必ず戻ってくるところを見ても離婚する気はないようである。

仕事は地方出張が多くなってきて現実に離婚したら、たちまち困るのは自分であることも事実だった。真吾は思いあぐねて、嫁いでいる姉たちに実情を打ち明けて、知恵を借りたいと思い、小樽に住む二人の姉を訪ねた。

「そんなにわがままな人だったかい。しかし、結婚生活なんて、真吾のいうように心の通いあいがないとか、そんな甘ったるいものではないさ。仲人口はいいかげんで当たり前だし、非常識と言ったって、そういう家に育ったのさ。だれだって連れ合いには大なり小なり不満はあるよ。みんな我慢しているのだよ。私はこの家に嫁に来て一度もうちの人に逆らったことはない。真吾も男ならもっとガンとして嫁をしつけなきゃだめじゃないか」上から二番目の姉はこう言って、とりあってくれない。

「離婚したら即困るのは自分でないかい。母さんはあんな体だし、人生諦めが肝心だ。結婚なんて大方の人がこんなものだと観念して、そこそこ折り合いをつけて暮らしているのだよ。私なんか舅小姑八人のところへ嫁に来て、好いたはれたもありゃしない。毎日、商売に追われてさ。真吾は結婚してもう一年も経つのに、今になって急に離婚したいなどと言ったって菊枝さんが承知しないだろう」と三番目の姉。

真吾が出張のとき手伝いにきてくれる近所の荒物屋に嫁いだ四番目の姉も、

「子どもがいないのがよくないのさ。子ができれば女も変わるよ。自然に団らんも生れるしね。あんまり理屈を言うと女は理屈で返せないから、かっとなるんだよ。真吾は結婚に夢を持っていたのかい？　恋愛ならそれもありかもしれないが、結婚の現実は誰にとっても決して甘いものではないと思うよ。それにしても菊枝さんて人は真吾と対等に喧嘩するのかい？　私には考えられない。だけど、離婚したらまた真吾の出張の度に、母さんの面倒見にいくのも、この家に気兼ねで私は辛いんだよ」

こう言われると返す言葉もなかった。

真吾は親しかった夜学時代の友人らを訪ねた。お、しばらくだな。上がれ上がれと言い、ある者はめしを食っていけという。どの家も普通に片付いていて、食卓には手作りの料理がのっていた。彼ら夫婦はみな睦まじく見えたし、男が威張っているわけでもない。姉らが言うところの、結婚は忍従という雰囲気はどこにもなかった。時代の相違は明らかだ。真吾は納得できなかった。

真吾より二十五歳年上の長姉である安子は、小樽の少し先の「蘭島《らんしま》」という所に嫁いでいた。夫は、果樹園や農業を手広くやっていたから、戦後の食糧難の時代、この家から真吾一家はどれだけ助けられたか知れない。

安子の夫である布施信夫は、朴訥な百姓だった。しかし、人を疑うことをしない信夫は、少し前に、ある男の保証人になったばかりに騙されて、果樹園も農地も家もとられて丸裸にされてしまった。丁度真吾が見合いをした頃であるが、詳しい事は知らなかった。

真吾は、酒のうまさを覚えてから、姉の家へ行く度、義兄と一杯やるのが楽しみだった。義兄さんのようないい人を騙す悪人が世の中にはいるのか、ということに怒りと恐怖を抱いた記憶がある。

そして、いまでは山の掘立て小屋に住んで、義兄は山奥の石切り場で働いていた。

安子姉は、真吾が小学四年のとき母親が倒れてからは、母がわりに彼を可愛がってくれた人だった。

蘭島の山間も五月の日差しが溶けこんで、新緑が息づいていた。バスを降りて青草の路を三十分も歩いてやっと着いた。

この姉には心配をかけたくないと真吾は行くまいと思ったが、急に顔が見たくなった。

その日、札幌から二時間以上かけて訪ねた。その小屋は、樵でも住むような素朴な、家と言うより物置きのように見えた。

姉は、庭に筵を敷いて暖かい日差しの下で繕い物をしていたが真吾を見て驚いた。

「真吾！　よくきたね。何かあったのかい？」

「何もないよ。姉さん元気だったかい？」

真吾は姉の顔を見たら急に目頭が熱くなり、ぐっとこらえた。

「どうしたの？　何があったんだい。母さんは変わりないかい」

姉は、真吾の表情で何かあることを目聡く察し性急に聞いた。言うまいと思って来た真吾だったが、急に心が折れた。一旦緩むと蛇口からこぼれる水のように菊枝との暮らしを逐一話してしまった。

「そうかい。真吾は運が悪かったねえ。可哀想に……どうしたものかねえ。私が母さんを引き取ってやれば、真吾も身軽になるからどうでもなるが……」

隙間だらけの板囲いの粗末な部屋を見回した。姉はかつてのふっくらした面影もなく、痩せて所帯やつれしていた。

「見ての通り、うちのひとと三人の子どもとここで雑魚寝だよ。だけど、なんとかしてやりたいねえ。うちのひとに相談してみるよ」

「いいんだ姉さん。俺が我慢すればいいんだ。聞き流してくれ。聞いてもらっただけでも俺楽になったから」

「そうじゃないべさ」彼女は凛として否定した。安子はかつて、嫁して一年で子が出来なかったと言うだけで離縁され、布施信夫と再婚したという過去がある。

真吾は姉の強さが羨ましかった。

「おれ、なんでこんなに気が小さいんだべ」

「真吾は末っ子で甘えん坊だった。気が小さいというより根がやさしいんだよ。最初に私は菊枝さんに会ったとき、この人はなんだか真吾にしっくりこないような印象を持ったが。物を投げつけるようなひとならだめだね。それを見ているしかない母さんは辛いだろう。子どもができたら面倒になるから、真吾、早く離婚の話を進めた方がいいよ」

姉は憂いをこめた眼差しで言った。

「離婚しようと喧嘩のたび口にしているが向こうにその気はないようだ」

真吾は気弱に言った。

「真吾、人生は長いのだよ。一生我慢するのかい？　やり直す勇気も時には必要なんだよ。いずれにしても真吾の足かせになっているのは母さんだからね。うちのひとに話すよ。なに、ばあちゃんひとりここに来たって、なんとか食っていけるさ。真吾、思い切って本気で別れ話をしたほうがいい。子どもがいなくてよかったさ。私が母さんのことは何とかするからさ」

真吾は姉の言葉にまたぐっとこみあげるものがあった。

安子姉は、布施家に再婚して八人の子どもを生んだ。舅姑をみおくり、上の五人の子どものうち、娘三人は嫁に行き、男の子は中学を卒業するとそれぞれに働いて自立していた。住んでいるその小屋は、冬の間、隙間風を防ぐのに新聞紙で目張りをしていたらしく、それが剥がれてみすぼらしくなっていた。家具らしいものもなく隅の方に布団が重ねられていた。究極の貧しさの中で、姉はやさしい心を失わず、自分のために何かしてやろうと言ってくれる。

「姉さんありがとう。俺努力してみる。義兄さんによろしく」

真吾はこの姉に母を託すのは何としてもできないと自分に言い聞かせた。

帰り途、自分の家があってないような寄る辺ない身に空を見上げて溜息をついた。

それからしばらくして注意していたつもりだったが菊枝が妊娠した。真吾は忸怩《じくじ》たる思いですべてをあきらめた。

息子が生まれた。気持ちによどみを抱えたままだったが、やはり子は愛おしい。菊枝の家事放棄、わがままはいっこうに改まらなかったが、真吾が我慢してさえいれば、世間体も、家庭の表面上の平和も保たれるのであった。

菊枝は子育てに夢中になり、柳沢の奥さんとも対等になったことで彼女自身は満足だった。真吾が菊枝のすることになるべく口を出さないようにしていると、それをよいことに菊枝の態度は増長して、始末に負えなくなる。真吾も男である。時としては腹に据えかね言葉を破裂させる。すさまじい喧嘩になる。菊枝は子どもを連れて実家に帰る。これの繰り返しであった。菊枝の居ない数日こそは、母と真吾にとって束の間の小春日和であった。

真吾は仕事にかこつけて、適当に外で酒をあおり、憂さを晴らすようになった。そうして月日が流れていった。息子は三歳になり、風間真吾は二十八歳になっていた。

七

淑子は会社の給湯室でふと、水が温んできたのを知り、本格的な春の到来を実感した。札幌の五月は、色とりどりの花が一斉に咲き出して街全体を美しく彩る。

東西に貫通する大通り公園の幅は、六十五メートル余り。西五丁目あたりから芝生が植えられ、寝転んで読書する人もいれば、家族で弁当を広げる様子も見られる。

淑子と風間は、この公園を歩いたりベンチに掛けたりして長い話を続けていた。ベンチの脇には概ね灰皿が備えられている。風間は、煙草の灰を右手の薬指で器用に落とした。彼は淑子に自分の結婚の顛末を語りながら、心が昂揚するのを覚えた。どこまでも聴くことに徹して、頷くだけで口を挟まない淑子を一層いとおしく感じた。加えて自分の心に積もり積もった積年の煩悶が、小さな流れとなって少しずつ沁み出てゆき、軽くなってゆくような快さがあった。長い間じっと地下に眠る化石のように沈黙して耐えていた自分の結婚生活を、淑子に諄々と語りながら、風間はこれが幸福という感情だろう。俺はいままでに幸福だと感じたことがあったろうか。まして女性とふたりでいて。ない。それだけは確かだ。

淑子は風間の沈黙が長いと溜息をつきながら言った。

「言ってもしようがないですが、手紙で騙されたのですね。その時もっと抗議すればよかったのに」

「そうなんだが。その時は腹がたって、西條さんに打ち明けようと思ったさ。しかし俺ってそのころ、今もそうだが本当に気が小さいのだ。言おうと思っても、多分あの口八丁手八丁の西條さんに、あれこれ言われるだろうと思うと、結局引いてしまった」

風間は瞼を伏せた。ここでは職場での彼とはまるきり違う消極的な一面を見せた。

「それがいけなかったのですね」

「そうだ。すべては俺の優柔不断が招いたことだ」そして風間は口をつぐんだ。

しばらく無言で歩いていると、西五丁目の古書店『一誠堂』の前あたりに鈴蘭の花壇があった。緑の葉陰に白い花がいかにも清楚で淑子はそこで足を止めた。彼女は傍にしゃがんで白い花を見続けていた。親はきょうだいみんなの親だ。男というだけで彼ひとりが親を背負うという不条理を淑子は考えた。

風間は煙草をくわえてマッチをすった。

「三人のお姉さんは交代でお母さんのこと助けてくれないなんて」淑子は言った。

「それが、嫁に行くと自由はないらしい。家に縛られて舅小姑らは嫁をお手伝いぐらいにしか思っていないのだ。姉さんがたは、いつもなりふり構わず働いている。それが普通だし、当り前だと思っているのだ」

淑子はまた溜息をついた。

「封建的なのですね。それで手紙をもらったあと、一度二人で会おうとは思わなかったのですか？」

「思ったさ。だけど札幌に呼んで食事したり喫茶店に行ったりしたら金がかかる。その頃二十三だろう。月給も安かったし、男の見栄で格好つけようとしたら金もない……いいや、なるようになるだろうと」

「めんどくさくなっちゃったのかしら。その二回目の手紙で、内心この人と結婚してもいい、と半ばきめちゃっていたのですね」淑子は風間が純真だったのか、ずぼらだったのかその両方だったのだろうと推察した。

「だけど、風間さんは、自分勝手に良いように解釈したのだから、風間さんにも責任はありますよね」淑子は思った通りを言った。

「よっちゃんは手厳しいな。全くその通りだ。俺の苦しみは当然の報いかもしれない」

風間は唇を噛んだ。

西のかなた、手稲山を真っ赤に染めて日は沈みつつあった。大通り西一丁目にあるテレビ塔の時刻が、西九丁目からもよく見えた。それはちょうど五時を示していた。暑くもなく寒くもなく、五月の風はライラックの淡い紫色の花房をやわらかく揺らし、ほのかな香りを漂わせていた。風間と淑子は公園の水飲み場で喉を潤おした。

彼は、淑子が自分の話を熱心に聞いてくれたことで、一歩踏み出したのを感じ取った。

「結婚は外からは何もわからないものですね。誰でも格好つけているから」

淑子は心底から見合い結婚というものを恐ろしいとすら思った。そして風間はこの重い話を私に打ちあけて、私に何を期待しているのだろうかと考えていた。この真面目で几帳面で仕事に熱心で、おそらく、こうした不本意な結婚であっても我慢に我慢して彼なりに努力をしたであろうことは、淑子には想像できた。

長い沈黙の後で風間は言いにくそうに、それでもこれだけは淑子に早く告げなければと、決心したように口ごもりながら言った。

「あの、客の呉服屋のこと……よっちゃんも聞いていると思うけど」

淑子は少し笑った。

「ええ、みんなが噂していますから」

それは顧客の呉服屋の未亡人と、担当である風間とが、わりない仲という噂である。淑子はこの噂を聞いたとき、これまで風間に抱いていた働き者で誠実な男性というイメージが、地に落ちたのを感じて落胆したのであった。しかし、彼の話を聞いたいまは、しかたがなかったのだろうなと、納得できた。

「今更恥ずかしいし、言い訳がましいが、聞いてほしい。俺、絶望と諦めと忍耐の毎日で、外に逃げるしかなかった。やけにもなっていた。どこかでくつろぎたかった。そうでもしないと菊枝に手をあげそうで、抑えるのは容易でなかった。人間って弱いものだ。いつわりの慰めであっても、どこかで息抜きをしないと生きていけないものなんだ」

風間は辛そうに言った。

「あのとき、つまり会社が引越しをした夜だが、よっちゃんが離婚した、とさらりと言ったとき、俺、あの晩すごく悔やんだ。頭をがーんと打たれたようなショックだった」風間はそのときの衝撃を反芻するかのように目を閉じた。

彼はそのとき以後、淑子に強く惹かれていく自分を意識した。彼女とて離婚まで葛藤はあったはずだ。振り返って見ても、彼女の日常にそのようなそぶりは見られなかった。特に淑子に注目していたわけではないが、営業の競争で、ややもすれば心が荒みがちな男たちに、やさしく接し、いつも会社の中を居心地良くしてくれる。一事が万事だ。この女性がこの人の非で離婚に至ったとは考えにくい。

彼は淑子の結婚生活をくわしく聞きたかった。

自分は、他に方法はないと決めて、諦めるという消極的な方を選んだ。本当に愚かだった。子どもができてから子どもは強い縛りになった。仕事に没頭することで逃げて、男は仕事が生き甲斐でいいと、自分に言い聞かせ、私生活については心に蓋をした……。

問題の未亡人は酒飲みで、彼は接待のつもりで飲むのに付き合っていた。ある日、家に舶来で上等のウイスキーがあるから、うちで一杯やろうと誘われた。断ったが執拗に誘うから、客でもあるし上がって飲んだ。そんなことを繰り返すうちに誘惑に負けて一線を越えたのであった。

「よっちゃんが離婚したということで、俺は目が覚めた。自分がみじめだった。言い方はわるいが、憂さを晴らすために遊んだ。後悔している。

すぐに小野寺に担当を替わってもらって別れ話もしたし、その後は会ってない。済んだことと思っている」

「でも毎日電話がかかってくるのはどうしてですか？　小野寺さんではなく風間さんに電話かけてくれるよう、繰り返し言っています。気の毒です」淑子は言った。

「俺は絶対電話に出ないし掛けないだろう」

「別れたいのですか？」

「勿論だ。俺は自分の生活を正すところからはじめる。それから……」一歩も二歩も踏み出すのだ、この言葉は口にできなかった。

「生意気なようですが、風間さんはそのつもりでも、向こうは承知していないと思います。多分曖昧なままだからではないでしょうか」

　淑子は口ごもりながらも言った。

「そうか、よっちゃんの言う通りかもしれない。はっきり話をつける」

「私は別れたほうがいいと言っているわけではないのです。いままでのお話も含めて、風間さんはとるべき時に、きちんとした態度をとらないのが、よくないのではないかと思ったのです」

「わかった。俺には実に痛い言葉だ。はっきり言ってくれてありがとう。きちんとする」

風間はしっかりと淑子を見つめた。

ふたりは北一条通りのアカシヤ並木を歩いていた。夜目にも花房は華やかだった。

「また明日の晩、会ってくれるかい」と真吾は哀願するように言った。淑子は困ったな、と思いつつ小さく頷いていた。

八

会社に新車が届いて、社長もなんとなく張り切っている。会社の前に車は横付けである。道路は広いし歩道も広い。街路樹の木漏れ日が新車にはねかえってきらきらしている。運転出来るのは風間だけだった。それも不便なので坂が自動車教習所に行くことになり、一ヶ月ほどの教習を受けると合格して彼は免許証を手にした。無邪気にうれしそうだった。

この時代、社長が会社の車で得意先をまわるのも体面上必要であった。

淑子は通勤時には公園を抜けて、二十分ほどかけて会社まで歩いた。

風間の実生活を聞いたとき、淑子の驚きは、彼は幸せではなかったのか、ということだった。こんなに働き者の夫を有難く思わず、大事にしない菊枝という女性が、淑子には想像できなかった。淑子は普通の結婚をしなかったから、普通だったらどんなにいいかと、それだけを望んでいた。妻が家事をしないなど論外だった。

そして、見合いという社会の習わしについて考えた。昔から多くあるらしい。年頃の若者が、親の勧める縁談相手と泣く泣く結婚したという話は淑子もよく聞く。友だちの百合子も見合い結婚をして幸福になれずに離婚した。そういえば伊藤左千夫の『野菊の墓』では、民子が好きな政夫を諦めて嫁に行き、病気になって政夫の写真と手紙を握りしめて死んだ。淑子は泣きながら読んだのを思い出した。風間の場合も、世間知らずの純真を利用され、騙されたようなものであると淑子は思った。双方にとって不幸な結婚であったことは間違いない。菊枝という女性も、思えば気の毒だ。『子どもを悪くするのは簡単だ。ただ甘やかせて育てればよい』と、何かの本に書いてあった。親が人間としての基本をしつけなかったために、菊枝さんは自覚がないのだろう。彼女はそういう意味で被害者でもある。風間に、それを許し、受け入れる度量がないとして彼を責めるのも、これまた可哀想である。淑子はとめどもなく考えた。

会社に着くと、淑子はすぐ事務服に着替え、掃除を始めた。彼女は帰宅時に掃いておくことにしているので、朝は机を拭くだけである。

風間の顔をいままでのように、上司として普通に見るのがなにかしら面映ゆかった。

淑子は離婚する前、実際のところ、風間さんのような真面目な働き者の奥さんはさぞ幸せだろうなと、常々思ったものである。その彼に、淑子の離婚に触発されたと言って、自身の結婚生活を赤裸々に打ち明けられたのだから、淑子には非常な驚きだった。淑子に好意を寄せていなければ打ち明け話などするはずもない。淑子の胸にさざなみが立つのも当然だった。

映画を一緒に観たのをきっかけに、風間と淑子は四月と五月にかけて何度も会った。

彼女は危険なことをしている。いけないという良心の咎めを自覚しながらも、毎回いつ会ってくれるかいと、言われると、やはり断れなかった。場所はいつでも外だった。北大構内や、中島公園、また北大の付属植物園等を無闇に歩き回った。

風間の苦悩を聞いて以来、彼がどことなく暗い感じがするのも頷けたし、同情もした。それに彼の本意がわかると、困ったと思いつつも、心のどこかでお互いの裡に相寄るものを感じないではいられなかった。しかし、淑子は風間に妻子があることを片時も忘れていなかった。深みに嵌ることは避けねばならない。彼女はそれが苦しいことも知っていた。

だが道を踏み外すことは淑子にはできない。その日彼女は思い切って言った。

「風間さん、こうしてふたりでたびたび会うのはよくないのではないでしょうか」

「それはわかっている。しかし、俺はあのときから、きみが離婚したと聞いてから……」

後が聞こえなかった。間をおいて意を決したように、風間は言った。

「俺は、俺は一縷の希望を持つ事にした。長いこと持ったことのない希望を。もう俺の人生こんなものだと、その日その日を送っていたが……」言葉が途切れた。

「きみの強さを知ったとき、ただ諦めることしかできなかった俺はなんなのだ。情けない愚か者だ、もう人生に見切りをつけていたのだからな」

安子姉はまだ子どもが生まれる前に言った。人生は長いんだよ。一生我慢するのかいと。全くだ。俺はこの人が好きだ。この人と生きたい。やりなおしたい。喉元までせりあがってくる言葉だが、いま淑子に向かって口に出すことはできなかった。

形だけの夫婦とはいえ、一応家庭を持っている身だ。離婚してからでなければ口にはできない。風間は苦悶の表情で淑子を見た。

淑子は眼を伏せた。彼女にはわかっていた。自分で言ったものの、会うまいとしても、小さな会社でふたりは朝に夕に顔を合わせている。さりげなく振舞うのさえ大変で、ふたりだけで心ゆくまで話せないとしたら……淑子はたてまえを口にしたに過ぎない。偽善だ。どうせ会わずにいられれはしない。

「会って話をするくらいいいじゃないか。俺は……さっき希望を持つことにしたと言った。その希望の意味はわかってくれるだろう？」

淑子は答えられなかった。

「私も離婚する前は希望がなかったです」

「今はあるだろう？」

「希望という程のものはないのですが、毎日気楽に暮らしています」

「それだよ。毎日を気楽に、なにがしかの希望があって。そうでなければ嘘だ。外で飲んでも遊んでも、ただ空しいだけだ。少しも満足感がない。心の底に、重苦しい澱が積もっていくだけだ」

風間は眼を細めるようにして宙をみた。

「会社の連中と社が退けると、飲み代があるうちは飲んべえ同士、縄のれんに誘い合って行く。そしてやがてみんな家に帰るのさ。やつら何のかの女房の悪口言いながらもそこそこ夫婦やっている。羨ましいよ」

風間は煙草をくゆらした。

「俺、酒は家でゆっくりやるのが好きだ。それが浮草みたいに漂って、情けないだろ」

淑子には答える言葉がなかった。

「よっちゃん……わかってくれるかい。俺、その、つまりよっちゃんが俺の話を長々と聞いてくれて、それはもちろん嬉しかった。正直にいうが、この人となら、いい家庭が築けるだろうと思ったのは、今に始まったことではない。早い時期からそう思ったことはある。だけどきみは人妻だったんだからね。今こそ希望を持っていいだろう？」

淑子はついにきた、と身がまえた。その時ひらひらと蝶が飛んできて桜のひこばえに止った。淑子はそれをじっと見ていた。

「希望を持っていいだろう。返事してくれないか」

淑子はなんと返事したらよいかわからなかった。まして早い時期から自分に好意を持っていたなど、思いもかけないことだった。まるで符丁を合わせたようだ。だが私もそうでした、と言えるはずもない。淑子はこう答えるほかなかった。

「風間さんの気持ちはわかりました。ありがたく思います。でもいま返事はできません」

「きっと別れる。自由になったら一緒になってくれるかい？」

「それは……その時に考えていいですか」
風間は大きく頷き、ほっと息を継いだ。

九

数年前まで会社があった四丁目十字街の、ぼろの木造雑居ビルは、いつしか近代的なオフィスビルになっていた。のみならず周辺はすっかりぴかぴかの高層ビルが建ち並び、錚々たる看板が競い立っている。道は歩車道にきっちり分けて舗装され、三越のショーウインドウにはマネキン人形が最新流行の洋服を着て、ポーズしていた。わずか数年のうちに、雑多だった繁華街は、落ち着いた華やぎを見せ、すっかりおしゃれな大都会に変貌していた。

淑子は、自分で縫ったシンプルなブラウスに薄手のウールのタイトスカートをはいていた。軽いコートをはおり、中ヒールで歩いて『ニシムラ』に向かいながら、風間のことを考えていた。

彼の心に恋愛が生じたために――急に妻に離婚を迫るのはどう考えても、身勝手である。

その原因というか、きっかけは淑子にあるかもしれないが、風間の気持ちそれ自体は、雷に打たれたようなもので、もうこれは誰にもどうすることもできないと思った。今日は百合子にこの問題を相談するつもりだった。

「あ、久しぶり!」うららかな日曜日。淑子は四丁目十字街の喫茶店『ニシムラ』で百合子と会った。

「離婚してから会う度綺麗になっていくね」

「え、本当? うれしい。そんなこと言われたことないもの」

淑子は素直にうれしかった。

「本当よ。幸せな結婚でないなら、いさぎよく別れた方がいいのよ」

百合子は歯に衣着せずに言う。

「そうね。どうしてもっと早く別れなかったのか、今思うと不思議よ」

「そうだね。人は後悔をくりかえすものだよ。仕方がないね」

百合子は見合い結婚をして、三年で離婚していた。百合子の場合、見合いの相手にどうしても心からの好意が抱けない。どういうところが嫌いというものはないのだが、心にカチンと響くものがない。それで結婚に踏み切れず悩んだ。相手は大いに乗り気だった。百合子は一年間交際してみてそれから決めたい、と返事を保留した。一年が過ぎても百合子はその人を愛する気持ちになれない。しかし相手はそれではすまない。彼女は「一年間考えさせて」と言ったつもりでも先方は「一年待って」という意味にとらえていて一年経つと待っていましたとばかりに、具体的に話を進めていき、百合子はもう蚊帳の外。両親までその気である。

そこで百合子が勇気を出して破談にしていれば、三年後の離婚はなかったはずだが。

この時代の女性である百合子に、そこまで我を通すことはできず、曖昧な気持ちのまま仕方なく結婚したのであった。

百合子の離婚の直接の原因は夫にあった。彼は百合子に黙って仕事を辞めていたのである。それがわかった時には別の仕事に就いていたのであるが、そんな大事なことを妻の自分に言わずにいたという事実に、百合子は怒りを感じた。変だと思ったことが二、三あった。百合子が帰宅すると、不思議な事に先ほどまで人が居たような気配を感じたことがある。そのときはまさかと思って済んだ。普段、夫は百合子より早く家を出て帰宅は必ず彼女より遅かったのだから。

それが三ヶ月も出勤する振りをして家を出て、百合子の帰宅後に会社から帰って来たように見せかけていたのだ。

離婚の理由に妻に秘密を持ったのが許せないとしたらしい。向こうも不承ぶしょうながら離婚に同意したのだった。

「やっぱり初めから好き好きと情熱的になれる人でないとだめね」

百合子はいみじくも慨嘆したのであった。その後、彼女は実家に戻らず一人暮らしをしている。

淑子は風間とのことを率直に打ち明けた。百合子はじっと淑子を見つめていたが、

「本気なの？」と言った。

「うん。離婚が難しかったら諦めるつもりだけど、いまはその人に惹かれているの」

百合子は少し黙って淑子の顔を見ていたが決心したように、

「そう。では話すけど」と語りだした。

百合子は、離婚したあと、同僚の妻子あるYと恋愛関係になった。はじめYは妻子と別れて必ず百合子と結婚すると言い続けていたが、一年経ち二年経つうちに、その話をしなくなった。体の関係は続いていた。百合子はYに詰め寄ったが、息子が思春期で難しいか

ら離婚は無理だと言う。百合子は怒り苦しんだ。そして一旦は別れたが、Yは、しばらくすると再び百合子に誘いをかけてくる。彼女は悩んだものの、またずるずると関係は戻り、結局、男の都合のよい関係を現在も続けている。もう今となっては腐れ縁で、このまま別れられそうもないと言う。

「そんな話、初めて聞いたよ」淑子は驚いた。

「あなたは徹のことで悩んでいたから、こんな話はできなかった。その後も関係を続けていることが、心に疚しくて言えなかったの」

「そうだったの。どうりで映画に誘っても三度に一度しか付き合ってくれないはずだ」

「そういう訳だったの。ごめんね。私が言いたいのは男の都合のよい女になるのは、結局自分が損するのよ。淑子の話を聞いていると、離婚は絶対難しいと思う。辛いだろうけれど、やめたほうがいいよ」

「風間さんは、結婚の最初から苦しんだみたいなの」

「そんな勝手な。男が女を口説く時は、自分の結婚は失敗だったと言うし、大抵妻の悪口を言うのよ。きみのような女性と結婚したかったと、必ず言うのよ」

「そんな……。風間さんはいい加減な気持ちではないと思う」

「淑子が離婚しなかったらそのまま諦めていたわけでしょう。ご都合主義じゃない」

淑子は、初めて百合子の私生活を知りショックだった。しかし風間はYとは違うと確信を持って言える気がした。

「淑子は、すごく純情だから心配なのよ。私の轍は踏ませたくない。本当に離婚出来ると思う？」

「わからない」

「淑子の話を聞くと、風間さんと言う人は消極的で優柔不断だったわけでしょう。いまは恋に落ちて夢中かもしれないけど、どうかなあ。奥さんと五年も暮らして、子どももまでいてどのように離婚を切り出すつもりだろう。

私の彼は、弱い人ではないけど、結局は職場でのスキャンダルを怖れた。はじめはきみと一緒になるために転職してもいいとまで言っていたのに、年数が経って地位が上がってきたら、俺ってつぶしがきかないのだ、役所以外での仕事はできそうもない、などと言い出したの。つまり仕事と家庭を守ったのよ」

百合子は一瞬腹立たしげな表情をしたが、

「体の関係はあるの？」と訊いた。

「ううん、ない。そこまで進んでいるわけでもないし、そんなふうになりたくないの」

淑子はかぶりを振った。

「そのほうがいいよ。本気なら、彼のほうも我慢して待つことができるはずだし」

「うん。いまは深みに嵌まるつもりない」

「そう。わかった。時間をかけて、何年もかけて進めていけば、或いは不可能ではないかもしれない。彼が誠実であればね」百合子のいうことは尤もであった。

十

淑子は風間との距離が日に日に縮まっていくのを心に秘めて、周囲に知られないように気を使った。前の結婚のときには、逼迫した経済の苦しさ等に悩みつつも、職場の人に知られないように隠していた。離婚後、淑子はありのままの自分でいられて、のびのびしていた。それがいままた、そうしていられなくなり、なにか運命的なものを感じた。自分のことより風間の苦しさを思いやると心が痛んだ。

梅雨のない北海道の六月は瑞々しい新緑におおわれ、降り注ぐ太陽はきらきらと若葉を揺らし歌っているようであった。

風間と淑子は市電に乗って北大前で降りた。ここにも人々が緑の風を求めて憩っていた。

風間は自分の幼いころなどを問わず語りに語った。


風間真吾の父親の故郷は新潟だった。父親は少年のとき船乗りになりたくて新潟から小樽に来た。

そのころ小樽は商都であり、北のウオール街とも呼ばれた。物流は海航路が主だったから港湾都市として繁栄していた。

少年の仕事は港湾事務所の使い走りだった。そのとき、とある人に目をかけられ、神戸の商船学校で学ぶチャンスを与えられ、念願の船乗りになった。二十五歳の時、小樽で所帯を持ち、神戸の船会社に籍を置き、主に外国航路を巡った。年に一、二度帰宅しては、四、五日滞在して、また海上の暮らしへ帰っていった。

太平洋戦争中は、軍事物資の輸送などで、帰宅はまれになった。

真吾が五、六歳のある日のこと父は言った。

「真吾、船に乗せてやるから来い」

彼は喜んで父の後について行った。大きな船が小樽港の湾の外に碇を下していた。父は一艘のボートに近づいた。煙草をふかしていた水兵は急いで煙草を投げすてて父に挙手の礼をした。何かふたことみこと父が彼に伝えると水兵は頷き、真吾に挙手の礼をして手を差し伸べた。真吾が父を見上げると、父は船を指さして言った。

「あの船がお父さんの船だ。さあボートに乗って」

ボートで船に近づくと真吾はどきどきした。縄梯子でこわごわよじ登る。父も登って来ると、水兵たちが、一斉に直立不動の姿勢で挙手をした。父はかるく頭を傾げるだけで、ずんずん進んでいった。父が通ればそこにいる誰彼が挙手をして、ある人は「船長、なにであります」と何か報告した。父は「うむ」と大様に頷く。真吾はこのとき父は船長なのだ！と初めて知り、誇らしい気持ちでいっぱいになった。機関室や操舵室など、船内をあちこち回って見せてくれたが、なにせ幼い彼には、この見たこともない大きな船の全体を理解するところまでいかなかった。従って彼の記憶には、父さんはでっかい船の船長なのだ、偉いんだぞ、という思いだけが強く残っているにすぎない。

船乗りの父親は、ほとんど家にいなかったが、一ヶ月に一度必ず為替が届いていたこと、母がそれを押し頂いて郵便局に行ったことなど、よく覚えている。

初冬のある日、父は神戸から真吾に革の編み上げ靴を買って来てくれた。それは膝下まである半長靴で、級友の誰も持っていない、すごく格好いい立派な革靴なのだった。真吾はそれを履き、うっすらと積もった雪の上を歩いた。そのころ、畑のところどころに大きな肥溜めの樽が埋められてあり、蓋というものはなく、棒を数本渡してその上に筵を掛けてあった。子どもらは慣れているからその上をピョーンと飛び越えて走り回った。

遊び場はだいたい近所のそうした畑地である。まだ枯れ草がところどころに見えていたが、そこを真吾は革の編み上げ靴で、大手を振って得意で歩き廻った。友らは羨望の眼差しで見ている。と、真吾は突然、あっと思った瞬間、どぼっと肥溜めの中に落ちていた。その日初雪がうっすらと積もっていたから、真吾は見当を狂わせたのだ。あとは言わずもがな。

この話に淑子は大笑いした。

末っ子で両親はもとより、兄や姉らにも可愛がられて育ったらしい。真吾の一番輝いていたときに違いない。

終戦の年、真吾は十一歳だった。父は船を降りた。その時代、誰もが生きるのに必死だった。父は陸《おか》に上がった河童同様、できる仕事はなかった。リヤカーにポンせんべいの機械を載せて町中を引いて歩き、客が持ってきた米や豆やとうもろこしを爆弾にして（炒って圧力で弾けさせる）僅かな賃料を稼いで一家を養った。

母は身体が不自由だから、すぐ上の姉が家事をしたが、真吾も学校から帰ると家の手伝いをした。

父の商売だけでは足らず、十二歳の真吾はリュックサックを背負って、蘭島の長姉、安子の嫁ぎ先へ米や芋や野菜などを貰いに行った。安子は舅や姑の目を気遣い隠れるようにしてそっと、それでもリュックサックに詰められるだけ詰めてくれた。駅まで四キロ余りの道のりを、真吾は黙々と歩いた。家族がこの食料を待っている。汗にまみれ、重い荷は肩に食い込んだ。休んだら立ち上がれないと思い、馬車の轍でできたでこぼこの道を、草むした細い道を、ひたすら歩いた。

中学を卒業すると真吾は、定時制高校を受験して合格した。昼はシャッターの会社に勤めて働き、夜は勉学に励んだが、ともかく貧しかった。そのころ父は酒に溺れ、家族が食うや食わずでも酒を買い、時にはメチルアルコールさえ飲んでいた。

二十歳になっていたすぐ上の姉に縁談があり、嫁に行ってしまうと、父母と真吾の三人所帯になった。真吾の肩にすべての家事が担わされた。

そうした真吾の家には、よく友人らが集まった。動けない母親がいるから、みんながストーブの周りに座った。家からちょいとおかずを持って来る者、父親の酒を小ビンにくすねてくる者、金のあるやつは酒屋から缶詰を買ってきたりするから、十七、八歳の彼等はそこで宴会を開くのだった。湯のみ茶碗でちびちびやってわいわい騒ぐのを、母親はにこにこして見ていた。父親もおこぼれを呑んだが、体は大分弱っていた。

真吾が定時制高校四年のある朝、父は大きな鼾をかいて眠っていた。昨夜からずっと眠り続けている。真吾は毎日、父母の食事の準備をして仕事に行くが、その日、夜学から友人ら三人と連れ立って帰宅してみると、父はまだ眠っているかに見えた。傍に母が座っている。おかしいと思って母を見ると、母は首を横に振った。父は眠ったまま死んでいた。

寺の坊さんに来てもらい、友人ら三人と四人の姉とで野辺送りをした。

十一

風間と淑子はなるべく二人で会う回数を減らしていた。人に知られないように。

夏になった。札幌の夏は日中少し暑く感じても日が落ちると、にわかに涼気が流れてくる。そのような夕間暮れ、淑子は、一人で大通り公園をぶらぶらしながら風間が来るのを待っていた。身長百五十センチの淑子は長い髪を頭の後ろの高い位置でまとめ、毛先をちょっと垂らしていた。自分で縫ったブルーの半袖のワンピースが、小柄ですらりとした体型の淑子によく似合った。

風間は今日の仕事は今日片付けるという男である。淑子は、教会の牧師が説教で言った「一日の苦労は一日にて足れり」という言葉は同じ意味かしら、と考えていた。

昨日の日曜日、図書館の帰途、時計台の近くにある石造りの教会に淑子はなんとなく入ったのだった。聞こえて来た讃美歌のメロディがあまりにもきれいだったからだ。

扉を閉めて聴いていると、無言で座るよう勧められたので、木の長椅子に座った。それから祈り、牧師の話になった。今日の苦しみは今日だけで充分である、気持ちを安らかにして眠り明日また新しく生きる、というようなことだった。

夜の大通り公園は散策の人で賑わっている。とうきび売りの屋台から、醤油の焼ける香ばしい匂いが漂ってくる。こっちの方からは、つぶ貝の焼ける美味しそうな香り。お腹空いたなあと淑子が思ったとき、後ろから風間が肩に軽く手を触れた。振り向くと彼は眩しそうな目でちょっとだけ淑子を見て、すぐにポケットに手を入れてハイライトを取り出し

た。箱から一本煙草を取り出しながら、

「社長を送って行ったら、例によって晩飯食っていけと大分しつこく言われて困ったよ。よっちゃん待たせているとも言えないし」

と風間は苦笑いした。

「そうだったの。でも美味しい料理があって、一杯飲めないのはつまらないでしょう」

「そりゃそうさ。車が来てから、そういう意味では俺は飲む機会が減った。会社に車を置いておくのが一番だが、朝の通勤には助かるから、痛し痒しだな」

風間の住いと社長の住いは、逆方向に離れているのである。

「待たせたね。なにか食べに行こう」

ふたりは南一条通りを歩いていた。会えば話したいことは山ほどあるのに切なさに胸がつかえてお互いに無口になるのであった。真吾が口を切った。

「よっちゃんは十歳くらい若く見えるね。さっき後ろから見て思った」

「いやだ。自分が知らない所で見られていたなんて」淑子は恥ずかしかった。

風間は、声を掛ける前、暫くの間、淑子の後ろ姿をじっと見詰めていた。抱きしめたい欲望にかられた。毎日が塗炭《とたん》の苦しみだった。

さっぱり自分の方は進展がない。そして月日は夜を日に継いで昨日から今日、今日から明日へと、俺の煩悩をあざ笑うように淡々と過ぎていく。風間は淑子とふたりでいる時間は幸せなのではあるが、同時にかえって苦しかった。そのくせ一分でも一緒にいたいのである。それは淑子も同じであった。彼といるときには、なるべく明るく振舞い、いま、この時間を大切に大切にと思った。長い時間、なにも語らずじっと見つめ合っていても、ふたりの間には熱い思いが交錯した。ベンチに座っているときなど風間は淑子の片手をしっかり握ったが、前を誰かが通りかかると、さっと手を離した。彼はシャイな男だった。

ふたりは車で中島公園に向かった。夜の中島公園は夕涼みの人で賑わっていた。樹木に囲まれた池の畔には枝垂れ柳が新芽をつけて細い枝を揺らしている。昼間はカラフルなボートが浮かぶ。

「冬、ここはスケートリンクになるのよ」

「ふーん、知らなかった。俺スケートはちょっと得意なのだ。スキーはまあまあだが」

「私もスケートは少しできるけれどもスキーはだめ」取りとめのないことを話しながら、淑子は腕時計を見た。夜が深くなっていた。風間は帰宅を延ばしているように見えた。車で十分も走れば大通りの淑子の住いである。

別れはいつも辛かった。風間の、もの問いたげな眼差しを振り切るように「さようなら。おやすみなさい」淑子は運転席の彼に言うと、意識して後ろをふり向かなかった。

淑子は「電気新聞」の引き戸をそっと開けてすぐ閉めた。そして風間の運転する車が走り去る音をじっと聞いていた。淑子の目に涙がにじむ。それから淑子の部屋、といっても社の畳敷きの大広間であるが二階へ静かに上がった。寝る前に以前は二時間くらい本を読んだが、本を広げても、同じ行を何回も行ったり来たりしてどうせ読めはしない。彼を思い続けていると、胸が痛くてただ涙が頬を伝い、流れるままにタオルで受けた。涙は流れるままにしておけば、翌朝、目が腫れないということを淑子は自分で発見した。だから決して拭かない。拭いて拭いて翌朝腫れた目で会社に行ったこともある。

眠れないまま、立ってカーテンを少し開けて外を見た。闇夜のビルの屋上に『初恋の味カルピス』と『お家庭には三菱美唄炭』のネオンサインがくっきりと見えた。

十二

朝の会の社長訓辞が終わると、風間は言った。

「さて、観楓会だけど」

観楓会は紅葉狩りのことであるが北海道ではそう言わない。会社の年中行事では花見よりずっと豪華で、必ず一泊するのが習いになっている。

「ああ観楓会だ！　今年はどこ？」飲み会の好きな梶田が身を乗り出す。

「去年は登別だったよな」と沼田。

「おととしは洞爺湖だった」と阿川。

「お前らそういうことよく覚えているよな」と梶田。みんなの声が浮き浮きと飛び交う。あそこ、ここと候補地があがり、結局第二土曜日、層雲峡と決まった。

十月になると街路樹が色付きはじめる。季節はゆるやかに動いて姿を変える。

この数日、風間は出張でいなかった。しばらく二人で会っていないが、風間の表情は暗いままだった。

観楓会の当日は晴天に恵まれ、早くに目的の層雲峡に着いて、大雪山国立公園の大函小函等を巡り、その夜はおきまりの宴会である。和服の中年の女性が二人程お酌をしてくれる。

宴もたけなわになると、淑子はいやいやながらお酌して回った。

「あ、どうも。よっちゃん離婚してからきれいになったね」

と梶田が上機嫌で言うと近くにいた坂は、ずり落ちる眼鏡を押さえながら、

「梶田さんそう思いますか。ぼくも思います。よっちゃん、ぼくと結婚してください」

また大笑いになった。梶田は、

「おまえ、顔洗って出直してこい。よっちゃんにだって選ぶ権利あるんだよ。ねえ、よっちゃん。やり手の梶田です。幸せにします。よっちゃんお手をどうぞ」

と梶田はいきなり淑子の手を取って立ちあがり、

「らーんらららら一んららあ」と流行の『奥さまお手をどうぞ』のメロディを口ずさみ、ふざけてステップを踏むので淑子は邪険にもできず、ちょっと付き合って、ほうほうの体で逃げ出した。

風間は、飲み会の席では大体いつも無口でにこにこして飲んでいるが、今日の風間は違った。このような席で心ここにあらずというふうに、何か考え事に気を取られているようであった。このところ彼は目に見えて痩せてしまった。淑子は先ごろ、風間の歩いている後ろ姿を見て、こころもち猫背になっているのに気付いた。風間の身長は百六十七センチと聞いている。すらりとしていたのに、まるで年寄りのようだと思うと、何もしてやれない

もどかしさに淑子の鳩尾《みぞおち》はしくしくと痛んだ。

十三

十月末になると、暖かい日があるかと思うと、冷たい風が落葉を巻き上げて吹きつける。札幌の冬はもうそこまで来ている。

その日の朝、社長を送り届けて風間は、母親の具合が悪いからとすぐに帰宅した。

いつものように一日が終わり淑子が帰り支度をしていると、風間から電話があった。

「俺だってことわからないように返事してくれ」といきなり言った。あらかた退社していたが、見ると沼田がコートに腕を通している。淑子は「はい、退社しました」と言った。

沼田は受話器を持つ淑子に手を振って出て行った。「もう誰もいないよ」と淑子は電話の風間に言った。「そうか。じゃ、あと十五、六分で着くから」と言って電話は切れた。

会うと、風間の眼は充血していた。

「ともかく飯を食おう」と少し離れた蕎麦屋に入った。見ると風間はいつにも増して疲れているように見えた。

「寝ていないの？　どうかしたの？」

「うん。大事な話がある。まず腹が減っている。なにか食べよう」

注文の品を待つ間、風間は落ち着きなく煙草をふかし、淑子を睨むように見つめたり、煙草がなくなったと知ると、空き箱をギュッと握り潰し、すっと立って隣の煙草屋で買って来たりした。

「今日蘭島の姉さんの所におふくろを預けて来た」風間は唐突に言った。

「病気じゃなかったの？」

「病気じゃない」

蕎麦が来ると無言で食べ始めた。よほど空腹だったらしく食べ終わると風間はようやく少し落ち着きを見せた。

淑子は「ここ私が払います」と言って立った。彼女は時々言うのであるが、大抵風間は手で制して払わせてくれない。きょうは何故か素直に「そうかい済まないね」と言った。

出ると、体が温まっているからか夜気が気持ち良かった。風間は、車の中で話そうと言って淑子を助手席に乗せた。人通りの少ない道まで少し走って車を止め、エンジンを切ると彼は運転席で、両手をこめかみに当ててじっと目をつむり、興奮を鎮めるためか、話の順序を整理しているのかしばらく黙っていた。そして話し始めた。

真吾は一つの結論を出した。それを心に秘めて、いまから一週間前に、蘭島の安子姉に再び会いに行った。前回行った時から四年が経っていた。姉に淑子のことを打ち明けた。一緒になりたいこと。菊枝とは話し合いでの離婚は不可能なこと。菊枝の暴力に身の危険を感じること。最後の手段としてどこかに身を隠したいことなどを話した。姉は真吾の切羽詰まった様子と、その言うことにいちいち驚いていたが、食い入るように聞いていた。

「そんなことになっていたのかい。よっぽど辛そうだね。痩せてしまって、大丈夫かい、ご飯は食べたかい？　よくわかったよ。母さんは私が見るから、真吾の思うようにしなさい。いつでも連れておいで。きっとだよ。早まったことは絶対するんじゃないよ」

と姉は、ひどく憔悴したような真吾をみて不安げに言った。急いでいた真吾はそのことだけを伝えると、姉に感謝して仕事にもどった。

実行にはチャンスを待とうと思っていた。真吾は自分の決心を早く淑子に相談しなければと気はあせっていたが、なるべく出張をするようにしていた。家出するにしても先立つものが要る。出張手当を貯めることしか真吾にはできないからである。その上帰宅するのは一層苦しかった。真吾の態度がよくないのは明らかだが、菊枝も相当にヒステリーになっ

ていた。昨夜十時ごろ帰宅すると、三歳の息子の真一をまだ寝かさず、新しい玩具で遊ばせている。真吾は思わず、

「子どもは早く寝かせなければ駄目じゃないか」つとめて冷静に言ったつもりだった。

「そんなこと、あんたに指図されたくない」

棘のある声で菊枝は応じた。すぐ真吾は黙ったが、昨日の話の続きのつもりで言った。

「おまえは、実家が離婚など許すはずはないと言ったが俺が行って頼んでみる。真一が二十歳になるまで養育費は必ず送ると実家にも約束する」

「いやだ。絶対に別れない。別れてやるものか。実家にそんなこと言いに行ったら承知しないから！」

「こんな暮らしは、まともじゃない。おまえだってわかるだろう……もう限界だ……」真吾が言い終わらぬうちに菊枝は、つと立つと、台所に行き包丁を手に持って振り上げ、仁王立ちになった。ただならぬ母親の様子に真一は大声で泣き出して真吾にしがみついてきた。

「殺してやる。離婚するくらいなら無理心中してやる！　やるといったらやるから」

真吾は泣く子どもを母の膝に置くと菊枝にゆっくり近づいた。

「やめろ。正気か？ 手をおろせ。ともかくわかった。おまえの気持ちはわかったから危ない真似はよせ」

真吾は、力ずくで菊枝の手から包丁を取りあげた。ほっとしたものの、額と脇の下にじっとり汗が滲んでいた。菊枝はキッと真吾を睨みつけると、

「こんど離婚の話をしたらほんとに殺してやるから。絶対、無理心中してやる！」

菊枝の激しい言葉を聞きながら、真吾は打ちのめされ、進退窮まったのであった。

蘭島の姉の家に行ったことと、昨夜の出来事までを真吾は煙草も口にせず、一気に話した。そしてようやく一服すると続けた。

「昨夜は実際怖かったよ。刃物を手にしたのは初めてだ。いずれ必ず刃傷沙汰になる。夕べは車で仮眠しながら考えた。ほとんど眠らず考えた末、菊枝が例によって子どもと実家に行ったらチャンスは今しかないと思った。俺は今朝、社長を会社に送って、時間を見計らって家に戻った。案の定、菊枝は出て行った。俺は腹をくくっておふくろの身の回りのものと、おやじの位牌を風呂敷に包んだ。「母さん、しばらく安子姉さんの所に行ってくれるかい」と言うと、おふくろはこっくりした。昨夜も涙をこぼしながら真一を抱いて一

部始終を見ていたのだから」

　真吾は、煙草をもみ消した。

「社長には、おふくろが病気だからと嘘をついた。そして車におふくろを乗せて蘭島に走ったのだ。必死だった。車の入れない道に来て、俺はおふくろをおぶって姉の家まで歩いた。おふくろを下ろして、また車まで戻り荷物を持って、もう一度山道を歩いて、姉の家に行った」真吾は暗いフロントガラスを見つめた。

「おふくろは軽かった。あれ、こんなにおふくろ体重なかったかなと思ったよ。俺が心配かけたからな。七十二のはずだ。これが今生の別れになるかも、とふと思った」

　真吾は拳で頬を拭った。ここまで話し終えると髪をかきあげて上を向いた。気持ちを落ち着かせるように目をつむり、やがて言った。

「俺は決心した。決心というのは……」真吾は、いきなり淑子に向き直り両手で彼女の手をとると思い詰めた表情で言った。

「きみと駆け落ちすることだ」

「え？　駆け落ち？」

「すべてを捨てて。そうだ何もかも」真吾は何もかものところを一語一語絞り出すような切なげな声で言った。

「そんな……ひどい。奥さんは子どもと無理心中するでしょう」淑子は恐ろしくなった。

「いやそれはないと思う。あれはまさか子どもを殺すはずはない。俺が憎いのだ。俺が姿を隠せば、一時はショックだろうが、時間が経てばあきらめて実家に戻るさ。そういう人間なのだ」

「そんな……」

「大丈夫だ。俺を信じてくれ。一緒にどこか知らない所で暮らそう」

淑子はあっけにとられて真吾を見た。

「いやかい？」

「……ええ、そんなことはできない」

「なぜ？」

「子どもが犠牲になるじゃない」

「俺が子どものことを考えなかったとでもいうのかい？　子どもは可愛い。許されるなら子どもは俺が引き取りたいと思っている」

すべてを捨てて、と淑子に言ったが、真吾は子どものことを思うと断腸の思いだった。

菊枝の今後を考えても子どもがいないほうが再婚しやすいはずだ。子どもは自分が引き取りたかった。菊枝の育て方を見ていると、ただ子どもを盲愛するだけで躾ということをまるでしない。子どもは親のおもちゃではない。真吾は子どもが大きくなるにつれ、一人前の人間に育てる義務を感じ、おざなりにできなかった。しかし、育て方について真吾が口を出すと、今まで以上に激しい喧嘩になった。彼は悲しかった。子どもは険悪な夫婦に緩和をもたらすどころか、逆だった。親がこんなに争っている家庭で育ったら子どもはどうなる?……真吾は子どもも連れて逃げたいとさえ思ったのだ。

「そういう子どもへの思いをいままで話してくれなかったじゃない」淑子は言った。

「そうだ。俺はきみに、菊枝との争いをいちいち告げる自分を恥じた。はじめに話をしてから以後は家の中のことはきみには言いたくなかった。現実にあり得ないような、すさまじい話を、きみに言うのも俺はいやだったのだ」

菊枝の言動は、真吾の態度や言葉に対する反応でもある。子どもができて以来、彼は菊枝に触れていない。菊枝の強度のヒステリーの一因になっているかもしれない。しかしと、真吾は思った。俺は坊主でも聖人でもない。育児について口論になると、かっとなり、ここで菊枝を一発ぶん殴れば実家に帰り、暴力男だから別れるという菊枝の言い分も実家に受け入れられるだろう。それでことは片づく。即離婚だ。そう思って何回拳を握ったかわからない。それだけは抑えた。男の矜持でもあるし、そこまで卑劣な手段をとるのは彼の良心が許さなかった。

十四

「どうしてそういう葛藤や想いを私に言ってくれなかったの？　一緒に苦しんで考えたかった。悩みを共有することこそ、私たちのいまを乗り切る大事な絆ではないの？」

淑子は泣いていた。静かに涙を流れるままにしていた。

「すまなかった。俺の欠けているところだ」

しんとした時間が流れた。近所の家々の窓の明かりも消えて闇に包まれた。わずかに街灯のあかりが車の中のふたりを照らしていた。

真吾はもっと淑子になにもかも話しておくべきだったと後悔した。ここ一ヶ月ほどは出張が多くて時間がなかった。それに彼自身も、ことが、こんなに急転直下に運ぶとは思っていなかった。彼の裡では淑子はもう自分の一部くらいに思っていた。この人とならどんな困難も乗り越えられる。言えばわかってくれるに決まっている存在、としてあった。それは事実そうなのではあるが、今日の話は淑子にとって青天の霹靂である。

「私は父母が離婚したとき九歳だったの。母と別れるのが辛くて、母が乗ったバスが走り出すのを泣きながら長いこと追いかけたの」

淑子は忘れ得ない場面を思い出し、ハンカチを目に当てて、くぐもった声で言った。

「それはわかるけど、俺はどうすればいいのだ。俺の人生と、きみを思う気持ちは子どものために捨てろと言うのかい？ 仮に、そうしたとしても、いまのような環境で子どもが健全に育つ訳がない。それより片親でも、どこかで穏やかに成長するほうがいいと思わないか？ そのために俺は良心に照らして、精一杯、養育費を送ると言っているのだ」

「風間さんの気持ちはよくわかるけど、子どもは結局犠牲になるのね」

沈黙があった。

「……もうあとへは引けないのだ。逃げ出すほかに俺の生きる道はない。身勝手なのは百も承知だ。いまは菊枝が恐ろしい。あれの目の届かない所へ逃げ出すほかはない」

「……不思議だな。あれから……よっちゃんが離婚したと聞いてから俺は変ったのだ。幸せな結婚など絵に描いた餅だと思っていた。だが、この人とならら……そう思い始めたら何もわからなくなった。今度こそは行動を起こすぞ、俺は幸せというものをつかみたい。手をこまねいていても幸せはつかめない。その思いが先行して……きみとどんなことがあっても一緒になりたい、その思いに歯止めがかからなくなった」

彼の声はかすれていた。

「自分の心がこんなに強くなれるということに驚いている。俺は動き出す。行動する」

淑子はうなだれていた。

「よっちゃん、どうしてもいやかい？　養育費を送りさえすればよいとは少しも思っていない。ほかに方法がないのだ。方法が」

真吾は魂の底から呻くように言うと、淑子の両手を自分の両手でしっかり包んで、彼女の目をじっと見た。淑子の胸は熱くなり、こみ上げるものがとめどなく頬を伝う。どうしていやと言えよう。それがたとえ破滅の疾走になるとしても。淑子は良心の声を『受け入れるしかない』と聞いた。涙目でじっと真吾を見詰めていたが、ついに頷いた。彼は自信に満ちた頷きを返した。

真吾は安心したように一本の煙草をゆっくりと吸い終わると窓をいっぱいに開けた。快い夜風が吹き抜けた。明け方の二時になっていた。

十五

翌日、淑子は忙しかった。朝は頻繁にかかってくる電話の応対、営業社員たちの出張経費、日報に付けてある交通費その他の書類のうち、支払い済みのもの、未払いのものを、きちんと区別して誰が見てもわかるようにした。出納帳も再点検して、これでよしと安心し、引き出しの私物を整理した。

その夜、真吾と淑子は、綿密な打ち合わせをし、遅く帰宅したが、淑子は駆け落ちのことを父や義母に言ったものかどうか迷った。やはり義母にだけは告げておきたいと思った。真吾とのことは折々に話してはいた。彼の切実な立場と話のあらましを語った。

義母は、寝耳に水の計画に驚きの表情でじっと聞いていたが、淑子を見つめると、「もう決めたのでしょ。私が反対したところでどうなるものでもないね」と、諦めたように言っただけだった。そのあと義母は父に告げたらしいが「わしは、何も聞かなかったことにする」と、ひとこと言ったとのこと。

真吾は、その夜、妻も子も母親もいない、しんとした家で数日来の寝不足のため短時間を爆睡した。母親がここにいないということに大きな安堵感があった。そして今朝、息子の真一の写真を数枚選んで鞄に入れた。

出社すると朝の会を済ませ、あわただしく出張報告や、自分の担当する客の現況などをなるべく詳しく書いた。せめてもの事に、あとの人間が引き継ぎ易いよう細心の心配りをした。

一番の気がかりは社長であった。社長には申し訳ないが万止むを得ない。心で手を合わせ、真吾はさりげなく私物を片づけ営業に出る振りをして外に出た。札幌駅へ向かい明日の高松までの切符を二枚買った。胸が高鳴った……小心な俺が大胆になったものだ……。真吾は淑子と二人なら怖いものはなかった。なぜだろう。彼女のやさしさだ。

真吾はこれまで給料は全部妻に渡し、自分の小遣いはすべて出張手当をあててきた。ここ一ヶ月あまりは、酒も飲まず、昼飯を抜いてまで、極力その手当てを貯めてきた。

この日のために。

その朝、淑子は義母にお世話になりました、と言った。義母は、白い封筒を出して、

「これ、持って行って。住む所がきまったら必ず早く知らせてね。何があっても無茶なことだけはしないでね」

義母はいつも淑子にやさしかった。

「ありがとうございます。勝手なことをしてごめんなさい。会社から何か訊いてきても、行き先聞かれても知らないと言って。会社には問題は何もないようにしてあります」

そう言うと淑子は深々と頭を下げた。

札幌駅の待ち合わせ場所に、真吾は来ていた。出張用の大鞄を脇に置いて地図を見ていた。二人とも緊張していた。誰か知り合いにでも見られたら大変だ。

真吾はすぐに自分の鞄と淑子の行李を駅のチッキ受付けに預けた（チッキというのは乗車券を見せると行き先駅まで荷物を運んでくれる当時の国鉄のシステム）。

紺色のスーツを着た淑子は、ボストンバッグと小さなバッグを持ち、真吾の顔をしばらく見つめた。「函館で」淑子が言うと真吾は黙って頷いた。二人は、函館本線のホームへ向かって別々に歩いた。

淑子は一人になると胸は早鐘のように鳴った。何者かに追われるように、早くはやく、早く遠くへ行かなければと気ばかり急いた。しかし、駅の改札口の駅員はのんびりと、一人ひとりの切符にチョキンチョキンと、まるで百年一日のように通過の印の鋏をいれていく。

札幌駅は人で溢れている。誰もが淑子のように気が急くのか、人を掻き分けてずんずん進む人や、大きな荷物を背負っている担ぎ屋風の人、一目でそれとわかる薬売りなど、みな自分の乗る列車を目指して、早く席を確保しようと血なまこになっている。

淑子も、脇目もふらず目指す函館本線のホームに向かって歩いた。ホームはたくさんある。跨線橋を渡り、さらに歩いたところでやっと目的のホームに着いた。後ろを振り向き背伸びして見ると十㍍程向こうの人ごみの中に真吾の頭が見えたので、淑子は安心して行列の後に並んで待った。

やがて機関車が白い蒸気を吹き上げて、勇ましい音をたてて進入してきた。

男の声のアナウンスが「さっぽーろ」を繰り返し、乗り換え列車のホーム番号を盛んにがなりたてる。

がったんと、大きな音とともに列車は止まった。次々と降りる人の群れ。それが散らばると、やっと乗る番だ。真吾は一両後ろの車両に乗るはずだ。順に乗り込み席を埋めてゆく。淑子は窓側に席を占めた。隣には若いサラリーマン風の男が座った。

ざわざわとしたひと時がやや落ち着いたころ、発車のベルが鳴り響いた。それは十秒ほど続いた。ようやく、ごっとん！という大きな振動とともに列車はゆっくりと発車した。淑子は少しほっとした。とうとう動き出した。どんなに気が急いても列車に身をまかすほかない。淑子は窓の外に目を向けた。何故だか涙が溢れそうになったので必死に堪えた。

「さようなら札幌の街」淑子は心で言った。

淑子の前には、老婦人が座っていた。大きな唐草模様の風呂敷包みを抱えて、やはり窓外の流れる景色に目をやっている。その隣には、古ぼけた戦闘帽を被った、やけに姿勢のよい中年の男が座っている。座高のあるその人が真っ直ぐ前を見ていると、ほとんど直角の形だ。その上、大きい目玉で、首だけ動かしてあちこち見回す。若い女である淑子のところで、その目玉はやや長くとどまる。淑子は窓を向いていてもその様子は視野に入っている。淑子は動悸がした。そんなはずはないのに、もしかして私服刑事か探偵かもしれない。そう思うと恐ろしさで身じろぎもできなかった。隣の男はひたすら新聞を読んでいる。

ごとんごとんと列車はレールの継ぎ目で規則正しい音をたてて進む。いくつかの駅を過ぎてどのくらい経ったか、ふと、戦闘帽が立ち上がり、膝に載せていたリュックを置くと老婦人に言った。「小便をしてきますので」彼女は、わかりましたという風に頷いた。少しして、戦闘帽がもどると、老婦人は、おもむろに、風呂敷包みの中をごそごそして、新聞紙に包んだものを取り出した。

それは、よもぎをたっぷりと練りこんだ濃い緑色のまんじゅうだった。老婦人は、戦闘帽に「おひとつどうぞ」と言った。彼は破顔一笑して「やあーこれはこれは」と、ごつい手を伸ばしてまんじゅうを取った。老婦人は、次に淑子に「おひとつどうぞ」と、差し出すので、淑子も受け取り礼を言った。そして、隣の新聞から目を離さない男にもすすめたが「甘いものは苦手で」と、その人は断った。三人はしばらく、もぐもぐとよもぎまんじゅうを味わった。

老婦人と戦闘帽は、それが契機となり、「どちらまで?」「そうですか」というふうに話しはじめた。聞くともなしに聞いていると、老婦人は、長万部に住む娘が、男と女の双子を産んだので、その手伝いに行くところらしい。戦闘帽が「私は比羅布で百姓をしています」と言ったのを聞いて、淑子は訳もなくほっとした。探偵でも刑事でもないらしい。彼女は安心して自分の物思いに耽った。もう辺りの人声も、列車の振動も一切が耳に入らず、いま自分の置かれた状況についてだけを考えた。……私の運命は、いま大きな岐路に立っている。真吾という人間は信ずるに足る男である。彼が私に抱く思いも真実だろうが、自分はなんの能力もない。見知らぬ土地でどんな仕事ができるだろう……淑子には次々と不安の材料ばかりが頭に浮かぶ。

人々は停車するたびにぱらぱらと下車して、又新しい客が乗り込んで来た。やがて、比羅布で戦闘帽は軍人のような礼をして下車した。

それから何時間か経ち、駅員のアナウンスが「次は長万部、長万部」というのを聞いた。「わたしゃ降りますきに」老婦人は淑子に言った。淑子はどぎまぎしてお礼を言った。そして、老婦人が大きな風呂敷包みを背負うのを手伝った。淑子の隣の新聞男は、空いた前の座席に移り「おたくはどちらまで？」と訊いた。「函館」と、淑子が答えると、「あ、私も函館です。今夜は連絡船ですよ。少し眠って置こうと思います」と苦笑いして、背を丸め二人分の座席に横になり眠ってしまった。

やがて、終点函館駅のホームで落ち合ったふたりは、ここから行動を共にする事にしていた。

「ああほっとした。心細かったの」

「そうか。大丈夫だよ」真吾は淑子の手をそっと握った。

青函連絡船「摩周丸」の出港まで少し時間があったので、そこにあった蕎麦屋でそそくさと蕎麦を食べた。

三等船室の畳敷きの大部屋は履物を脱いで銘々が好きな場所をとっている。大きな荷を背負っている担ぎ屋や、サラリーマン風の人、子ども連れなど老若男女の大勢が乗っている。みな、頭を壁の方に向けて寝るようである。真吾と淑子も場所を確保して、甲板へ出た。出港のドラと共に「摩周丸」は岸壁を離れた。

真吾は船縁でじっと遠ざかる陸を見つめていた。彼は小樽で生れ育った純粋の道産子だった。北海道を離れたのは修学旅行で弘前城に行ったときだけだ。こんなことをする以上、二度と帰って来ることはあるまい。おふくろ、真一、社長、許してくれ。俺は本当の人生を生きたい。彼は遠ざかる陸に心で手を合わせた。淑子はその後ろ姿を黙って見ていた。

やがて真吾が振り向いたので、淑子は空を見上げて言った。

「黒い雲があんなに、海は荒れるのかしら。私、船酔いするの」

「うんと荒れるなら船は出ないはずだから大丈夫だよ。青森まで四時間ほどかかるから、少し寝よう。そのあとは夜汽車だ。疲れただろう」真吾は言った。

船室に戻ると、慣れている人はもう自前の空気枕に頭を乗せて横になっている。真吾と淑子も並んで寝た。横になってみると今までの緊張から疲れているのがわかった。

淑子はふと、この場に似た光景を思い出した。それは満州からの引き上げ船のうす暗い船蔵だった。難民となって、引き揚げ者はそこで三昼夜雑魚寝をした。淑子は九歳だった。大人は一様に暗い表情をしていた。夏だった。のどの渇きと飢え、そして船酔いに苦しんだ。

しかし、今は違う。みんな自由にそれぞれ仕事か私用で目的地に向かうのだ。お互いに場所を譲り合ったり、それとなく話しかけたりして束の間の時間を過ごしている。

真吾を見ると眼をつむっている。二人並んで寝ている上にコートを掛けている。コートの下でしっかり手を握り合っていた。いつのまにか眠り、淑子はやがて船の揺れで目を覚まし洗面所へ行った。吐き気がして気分が悪かった。真吾の脇へ戻っても、よろよろして生唾が出てくるのでタオルで口を押さえた。真吾は、

「あと一時間だからね」と心配そうに言った。再びうとうとしたかと思うと、下船を知らせるスピーカーが鳴った。

真っ暗な中、小さな電燈の灯りで青森桟橋を渡り、すぐ接続している東京行きの汽車に乗った。西へ西へと列車は向かって行く。

淑子の船酔いは、下船するとたちまち回復した。改めて真吾の顔を見ると、意外なことに今までにない明るさが漲っている。

体をぐるぐるに縛られていた縄がほどけて、いま解放された人のように安らかな表情をしている。淑子は今更に、これまでの真吾の心の桎梏の日々を思いやった。

淑子には先の見えない不安と怖れは拭えないが。

「しかし今、そんなこと言っても始まらないだろう。これから我々は開拓者になって、ゼロから新生活を築いていくのだ」

今までの真吾とは別人のように強い決意を見せてそう言い、

「よっちゃんって思いの外、心配性なんだね。大丈夫だよ。そうだ、これからは淑子って言うからね。淑子」照れもせず真顔で言った。淑子は彼ほどには割りきれなかったが、仕方なく笑った。（開拓者になるなんて）と彼女は少しおかしかったが、その言葉に希望を託そうと思った。

レールの継ぎ目で規則的に単調な音を響かせ、夜汽車はひたすら走り続けた。

第一章（了）

第二章　讃岐の夕凪

一

ふたりは見知らぬ街のうどん屋に腰かけていた。さっきから店の主人とおかみさんらしい人の会話を聞いていると、何にでも、おしまいに「の」をつけるのが面白くて、顔見合わせて静かに笑いあった。そこへ注文した一杯三十円の「きつねうどん」が運ばれて来てそれぞれの前に置かれた。醤油の色がない澄んだ汁にかまぼこ一切れ、三角の油揚げ、それに天かすがぱらぱらとあり、三センチ程に切った細ねぎがのせてあった。

「やあ、うまいなー」うどんを一口啜ると真吾は感嘆の声をあげた。

「ほんとだ。これが本場の讃岐うどんなのね」淑子もその美味しさに驚いた。ほかの人はうどんの他に二個で二十円の稲荷ずしか、散らしずしを合わせて食べている。

「散らしずしも食べようか」と淑子は言った。「うん、俺は稲荷がいいな」

淑子が店の人に言うと、

「へい、お稲荷さんとちらし。おおきに」と、既に盛りつけてあったらしくすぐに出てきた。

うどんの汁はさっぱりしていて、すしも薄味だった。それを食べると真吾と淑子はやっと人心地がついた。札幌を発って、まる三日間ほどふたりはろくな食事はしていなかった。

函館で真吾と落ち合ってから淑子の心は落ち着いた。几帳面な真吾は手帳に、何時に何処に到着するとか、次の乗り換えの接続時間などを克明に記していた。

夜行列車の乗客はみな眠り込んでいた。

「こおりやまー。こおりやまー」抑えた声のアナウンスが郡山の駅を告げている。

「あと、どのくらいで高松に着くの？」淑子は囁くような小声で訊いた。

「郡山は福島県だから、まだまだだよ。乗り継ぎ、乗り継ぎで順調にいったとして、あと五十時間くらいはかかると思う」

「そう。まだ二日間はかかるってことね。三年位前に、兄と妹と私は三人で高松の母に会いに行ったことがあるのよ。その時はよく眠って、そんなに遠いと思わなかった。札幌からだと二泊三日はかかるわけね」

「鈍行だからね。急行だと随分早いが」

淑子は何時間かかろうが何日かかろうが、遠い四国まで行けば、北海道は遥か彼方ということになる、と、距離頼みで漠然とした安心が得られるような気がした。ただ真吾を信ずるだけで、それでも矢張りあとのことを考えると不安ばかりが胸を塞いだ。

真吾は、淑子の気持ちをおもんばかり、大丈夫、大丈夫を繰り返し、すべてはなるようになるが「為せば成る」という強い信念でいこうと淑子を励ました。

真吾は、菊枝から逃げ出せた、それができたということと、これからはいつもこの人と一緒だという大きな歓びに胸は煮えたぎるように熱く火照っていた。

淑子は自分の貯金を全部おろしてきたことや、義母がくれたお金などを話した。真吾のお金はあまり沢山なかった。ともかく見知らぬ土地で部屋を借りる、そして最低限の暮らしのための必需品だけは買わねばならない。だからお金は計画的に使わなければならなかった。その点になると、淑子はよほどしっかりした考えを言えた。真吾はその方面は、きみにまかせるよと、多少呑気なところがあった。

そして札幌を出ておよそ三日後、香川県の高松市に降り立った。午後一時頃、十月の太陽は真夏のように照りつけていた。

「ほぼ日本の端から端まで来たのね」

「長かったなあ。早くきみを抱きたい」

「そんなこと言って。菊枝さんが追いかけて来て私を殺さないかしら」

「そんなことはあり得ない。北海道に生れ育った人間にとって、津軽海峡を渡った先は外国のような感覚だ。東京も憧れの地で、遥か彼方。まして四国など普通に行ける地ではない」不安顔の淑子が真吾にはいとおしかった。

高松には淑子の生母が住んでいる。それで行く先を其処に決めたのだった。真吾は、「行って直ぐにお母さんに会うつもりはないからね。住むところを決めて、仕事を見つけて、生活の基盤をある程度、整えてからでないと俺は会えない。俺のいまの立場で、きみのお母さんには合わす顔はないから」と言う。

いま、高松駅前に来て淑子の頭には母に再会する嬉しさがよぎったが、真吾の言う男としての気持ちに従おうと思った。

道中、一番安い駅弁ばかり食べていたから、駅前のうどん屋で食べた讃岐うどんの味は、格別なものだった。それに五十円でこんなにお腹いっぱい食べられるなんて、物価は安いのかしら？　と淑子は考えた。

高松駅に着いたとき、真吾は長旅だったから疲れただろう、今夜は宿屋に泊ろうと言った。彼の気持ちは充分わかったが、淑子は、とにかく直ぐに部屋を探してみて、駄目だったらそうしてもいいけど、宿賃が勿体ないから、不動産屋にまず行ってみようと提案したのであった。彼女の思いは、仕事がすぐ見つかったとしても一ヶ月は、いまあるものを持たせなければならない、という現実だった。

真吾はしぶしぶ同意した。

腹ごしらえが済むと、ふたりは、まずアパートを探すのに、駅前にあった不動産屋を見つけた。アパート、貸間、貸し家等ところ狭しと張り紙をしたドアを開けて入ると、五十年配の小太りの男が、ゆったりした肘掛椅子に腰かけて、煙草をくゆらせながら分厚い本を読んでいた。

「いらっしゃいませ。どうぞ」と、男は座ったまま鷹揚に前のソファを手で示した。真吾と淑子は其処に浅く腰かけた。その男もおもむろにソファを移動してふたりの前に座った。

「なるべく家賃の安い所を探しているのですが」真吾はポケットから煙草を出しながら言った。

「わかりました。流し付きがいいですか？」

「流し付きとそうでない所の家賃は大分違いますか？」真吾は訊いた。

「そうですなあ」と言いながら、主人は帳面をめくっている。

「しかし、共同流し場より、小さくても流しが付いている方が奥さんはいいでしょう？」

と淑子に言った。

「ええ、流しが付いていたほうがいいです」

「そうでしょう。あまり日当たりは良くないが、小さい流しの付いた部屋が一つあります。あ、これだと安いです。六畳で四千円です」

「四千円？」真吾は札幌なら六千円はすると思った。

「そこ、これから見に行けますか？」

「ああ、いいですよ。歩いてすぐの商店街の裏ですから、買い物にも便利な所です」

主人は、ちょっと奥に声を掛けて、すぐに外へ出た。ふたりは後に続いた。商店街の裏小路を入り、木造二階建てのアパートの二階に上がった。天井の低い二階だ、と思ってついて行くと、突き当たりのドアを開けた。空き部屋の饐えた匂いがしたが明るかった。見ると屋根は半分斜めで四角い天窓がついていた。ほとんど屋根裏部屋である。しかし、半間の流しが付いていて、ガスも引いてある。窓もある。

真吾は淑子を見て、どうするという顔をした。淑子はこれでいいと思った。今夜から寝る部屋が必要なのである。

此処にしようと、ふたりは決めた。小太りの不動産屋とまた店に戻り、真吾は出された必要な書類を書き始めた。住所のところで、ペンが止った。真吾は、いまのアパートの住所を訊いた。

「あ、そこには今迄住んでいた住所を書いて下さい」と、葉巻をくわえていた男は言う。真吾は黙って淑子の顔を見た。不動産屋は怪訝な顔をしている。一分二分、壁に掛っている振子時計の音だけが、静かな部屋に響く。

五十がらみの不動産屋は不審な顔をして、

「どこからきたの?」と、急にくだけた口調で訊いた。

「……北海道です」一瞬戸惑いつつ真吾は言った。

「北海道のどこ?」

「札幌」

「ほう、札幌から!」不動産屋は急に頬を緩めた。

「私は北海道が好きで、北大を受験して大学と仕事で三十年ほど札幌に住んでいたのですよ。やあ懐かしいのう。言葉使いで関東の人かなと思うたが。まさか北海道とは! 何でこっちに来たの？」

「……」また時を刻む振子の音が響く。

「駆け落ちでもしてきたの？」

不動産屋は冗談のつもりで言ったのであるが、真吾は、

「実はそうです」と生真面目に言って淑子と共に首を垂れた。

「ハハハハ、図星か。冗談でなく？ほんま？何でまたそういうことになったの？」

「まあ、いろいろありまして」真吾は神妙な顔をしている。

「いやあ、若いもんはいいのう、情熱があって。そら、そこまでやるからには仰山訳はあったんやろ。札幌はそろそろ寒いかのう。実はわしは一生札幌に住みたかったが、おやじが死んで仕方なくこの不動産屋を継いだ訳だ。まあ退屈極まりないが、老人の暇つぶしには丁度よい」

「はあ」真吾と淑子は畏まって拝聴している。

「駆け落ち先が、なんでまた、高松なんやろな。わしは自分の故郷じゃが、この町はあまりすいとらん」

不動産屋はしゃべりながら、改めて名刺を出した。それには山田勉とあった。

「北大のポプラ並木はもう紅葉したかの。よくあそこで家内とデイトしたものさ。ハハハハ、そうだ、ばあさん！　お茶出してくれ！」

奥に向かって大きな声を出した。

「家内とは大学の同じゼミで知り合うての。結婚したが、こっちへ来ることになると、ひと騒動だった。家内は純粋の道産子で札幌を離れるのが辛いと嫌がって可哀想だった。つまり暑さが苦手での。子ども二人は、札幌に住んでおる」

「おいでませ」上品な小柄な奥さんがお茶を持ってきた。真吾と淑子はお辞儀をした。

「おい、こちらは北海道からおいでたそうじゃ」

「ほんにそうですか。ご苦労さんです」奥さんはそう言うと慎ましい人らしく直ぐに引っ込んだ。

山田は、ふたりをじっと見つめて、

「駆け落ちねえ。いまどき珍しいが。それで保証人はいるのですか？」

「いないのです」真吾は情けない声で言った。

「駆け落ちならそうなるわな。それは困りましたのう。さてどうするかの。荷物は？」

「部屋が決まったら、チッキを取りに…と思っているのですが」真吾は再びうな垂れた。

「そりゃ困りましたなあ」山田もなかなか退出しそうもないふたりを暫らく眺めていた。

「札幌からねえ。さようですな。ほんまはこんなことはでけませんがの、その、なんですな、お困りのようですから、札幌が取り持つよしみとして、あなた方を信じましょう」

「え？ 貸していただけるのですか？」

「保証人なしでお貸ししましょう」と言う。眞吾は思いがけない言葉に、

「あ、有難うございます。家賃は必ずきちっと払います。決してご迷惑はかけません。どうかよろしくお願い致します」両手をテーブルに肘までつけてお侍さんのように、深く頭を下げた。淑子もあわてて立って最敬礼をした。

山田は笑うと恵比須顔になった。

その時は知る由もないが、その後、淑子と真吾の人生にこの山田は大きく関わることになったのである。

二

真吾と淑子は前家賃と礼金、敷金を払い、鍵を受け取り、駅でチッキを引き取った。

あの時、淑子はもう少しで母が住んでいますと言いそうだった。言わないでよかったと思った。

「よかったなあ。山田さんが札幌に三十年も住んでいて北海道贔屓だったなんて」真吾は心の底から感じ入っていた。

「ほんとに奇遇ね。いい人でよかった。それにあの人、相当のインテリよ」

「なんでそんなことがわかったの?」

「あそこの本棚に哲学書や英字の本が沢山並んでいたから」

「へえ、淑子はそんなところまで見ていたの?」

「あなたが書いている時、ちょっとね」

「ふーん。しかし、少し前までは部屋借りるのに保証人などはいらなかったが、いまは何処でもやかましくなってきているな」

　そんなことを話しながら、これで、とにもかくにも、今夜から寝る場所は出来たのである。部屋に荷物を置くと、真吾は急に、いままで抑えに抑えてきた激情が一気に沸騰するように、初めてその腕の中に淑子を強く抱きしめた。天窓からの西日の照り返しが異様に明るかった。

「これからずっときみと居られるのだね」

「そうよ。死ぬまで」

「やめてくれ、そんな極端なこと」

「私、菊枝さんが何か仕出かしたら、私たちは生きていてはいけないと思っているのよ」

「俺は死ぬのは厭だ。きみと幸せに生きていくために沢山の犠牲を払ったのだ」

淑子も思いは同じだったが、いまは心の底から愛に溺れるのが怖いのだった。


翌日、真吾は職安へ行った。

淑子は、生活に必要な最小限の買物をした。鍋一つとフライパン、茶碗二つ、箸二膳、皿を二枚に掃除道具、二、三の日用品という具合である。何でも札幌より安かった。店からテーブル用に木のりんご箱を分けてもらった。まだ寒くないので、取りあえず毛布を一枚買った。

真吾は職安から帰って来ると、

「職種も求人の数も少なかったよ。それに給料の安いのに驚いた」と言った。

「すぐに働きたいから、靴の卸問屋に決めてきた。其処へ行って社長に会って決めたが、経験がないということで、給料は二万五千円だぜ。仕方がない」

「どんな仕事するの」

「営業だよ。運転免許があってよかったよ。保証人が要るのだ。どうしよう」

「お母さんに頼もうか」淑子は言った。

「それは、どうかな。できるなら俺は、淑子のお母さんに頼むのは気が引ける。山田さんに頼んでみようか」迷った末、厚かましいと思ったが背水の陣である。なけなしのお金から菓子折を奮発して、藁をもつかむ思いで、二人は山田不動産を訪ねた。ところが意外なことに彼はむしろ嬉しそうにふたりを迎えてくれ、もじもじしながら真吾が保証人の話をすると、

「そういうことになるやろと思うていたよ。すぐに仕事を見つける。その行動力が偉いのう。わしは信用でける人とそうでない人を見分けられるでの。よろしい引き受けまひょ。おお、此処の靴屋のおやじは、わしと同級生や」と書類を見てハンコを押してくれたのであった。ふたりはまた深々と頭を下げた。

高松へ来て四日ほどして淑子は母に会いたくてたまらず連絡をとった。琴平電鉄の瓦町

駅前で待ち合わせた。母は半袖の簡単服を着て日傘をさしていた。

「淑子！　久しぶりやね。いつ来たって？　ほんまに、はよう電話してくれんと」母は指先で涙を押さえながらじっと淑子を見詰めた。淑子は、

「あの人が……いま一緒にいる人だけど、生活体制が整ってから、お母さんに挨拶するというのよ。私はすぐに連絡したかったのだけど」

「いきなり高松に住むことになったやなんてびっくりしてしもうた」

淑子もうれし涙が出た。淑子は真吾とのいきさつを手短に話した。こうする他に方法がなかったと母に話しても、多分わかってもらえるとは思えなかったが、仕方がなかった。

「妻子のある人とそんなことになるなんて。それで淑子は幸せになれるの？」母は事の仔細はともかく前の結婚といい、淑子が不憫でならないのであった。淑子は頬を紅潮させ、

「いま、とても幸せよ」

「そんなことゆうて」

「ごめんなさい。心配かけて。お母さんに決して迷惑はかけないつもりよ。部屋も見つけて彼はもう働いているの」

「よう、アパート借りられたね。ぽっと来て。知っている人もおらんのに。仕事先も保証

人が要ったやろ?」

「ええ、でも大丈夫だったの」

山田不動産との不思議な出会いを話しながら歩いてアパートに着いた。母は何もないアパートを見まわした。

「これでは不便であかんやろ」と言った。

「いいのよ。少しずつ買うから」熱に冒されているような淑子を、母は呆れたように見た。が、すぐに使ってないのがあるからと、家に戻り、布団と鍋や食器やこまごました物を、タクシーで運んできた。淑子はありがたくて心の中で、必ず幸せになるからお母さんと、手を合わせた。

その夜、真吾は母親ってありがたいな。と、久しぶりに布団に寝転がり、

「淑子は幸せだね」としみじみ言った。

母から台所道具をいろいろ貰ったので、随分助かった。とにかく給料を貰うまで持ち金で食べていかなければならないのであった。

淑子もすぐに仕事を見つけて働きだした。建材店の事務員である。ほかに二人いたが賃金はやはり札幌より低かった。だが物の値段もすべて安いので生活は同じことである。し

かし養育費を送る段になると、これは厳しいものになると淑子は覚悟した。彼女はそうした日々にも菊枝さんが何か問題を起こしたというようなことのないようにと絶えず祈った。札幌の義母にすぐに手紙を書き、そのようなニュースを知ったら、知らせてくれるように頼んだ。

時を置かず義母は、置いてきた淑子の洋服等を送ってくれたから助かった。会社から一度問い合わせがあったが、それきりであることも知った。

三

南国の秋が深まってきた。

真吾が勤めた岡田靴卸売商会の社長は、真吾の働きぶりを評価したらしく二ヶ月で五千円上げてくれた。真吾は無論非常な努力をしたのであるが、土地の人間はあまり頑張らないようなのがわかってきた。従って彼の頑張りに社長は瞠目したらしい。真吾は必死だったのだ。

「頑張ったことが認められて、やりがいがある。俺はいくらでも頑張る。よかったな、いい人に出会えて。山田さんといい、岡田社長といい。俺はもっともっと頑張るぞ。淑子はやりくり頼むな」

「はい。猪突猛進で頑張ります」淑子が気合を入れて言うと真吾は吹き出した。

初めて真吾に給料袋を渡された時、淑子はうれしかった。これから毎月きちっとお給料がもらえるのね、と言うと、当り前じゃないかと真吾は言ったが淑子はそうか、これが当り前なのだと改めて安心と歓びがあった。

淑子には昔、安心して月末を迎えられなかった時代があった。あの時と今はなんという違いだろう。愛する人と暮らし、その人は働き者でやさしく手先は器用で、毎日が新しい発見で充実している。かみさまありがとうございます。淑子は心に秘かに持っている「自分のかみさま」に深く感謝した。

一方で彼女は札幌のことが気がかりだったが、真吾が六ヶ月位は待ってくれ。それから連絡をとる。というから、判決を待つような心境で、しばらくはそのことに触れなかった。真吾は菊枝さんのことは知り尽くしているから、きっと冷却期間を置いているのだろうと淑子は推察した。

淑子の母の幸江は、終戦直後に父と離婚した。幸江は父親の故郷である高松に落ち着いたが、親戚も頼りにならず、ある会社の寮の賄いを住み込みでしていた。十五歳の姉と三歳の妹と暮らしていた。

姉もその会社で働き、戦後の食糧難の時代を何とか食べていた。そんなとき、ふとしたことから、原田磯吉という理髪店を一人でやっている男と知り合った。妻を亡くして、やもめ暮らしをしていたが、母を見染めて求婚した。母は気が進まなかったものの、賄いの仕事はきついし、二人の娘のことも承知で一緒になってくれといわれ、十歳年上の原田と再婚した。母はその時三十七歳だった。

街の小さな散髪屋だった。原田は職人気質の一徹者の一面はあったが、真っ直ぐな男で、永年床屋をやっていて、界隈に馴染み客も多く、生活には困らなかった。

原田は、淑子らが突然現れて、経緯を妻から聞いて驚いたものの、真吾が酒好きなのを知ると喜んで、しょっちゅう一緒に飲むのを楽しみにした。

淑子にしても緊縮家計で、真吾が酒を我慢しているのを可哀想に思っていたから、御馳走になるのはありがたかった。原田にとって真吾と淑子の存在は、なにはともあれ、妻の幸江が娘と会って嬉しそうにしているのを見ると、我がことの様に満足なのだった。

一杯飲みながら原田はいろいろ高松の話をした。真吾も淑子も面白く聴いた。休みの日には、ふたりで高松城や、名園の栗林公園を歩き回った。草木も北国とは明らかに違い、何でも珍しかった。蘇鉄を見ると、歌の通りに赤い実がついていた。

また高松にはいたるところに大小の池があった。農業用水の溜池である。高松の自慢の三多は、松の数、池の数、そして塩の生産量の三つで、悪い方の三多は、蚊と、讃岐の夕凪と、かかあ天下であると真吾は得意先で聞いて来て淑子に教えた。この池が蚊の温床なのだろうと、ふたりは思った。

ある日、淑子は真吾が通勤に使っている原動機付き自転車（通称カブ）の後ろに乗って、多度津と言う所にある名高い「満濃池」に行った。灌漑用溜池とは言え、濃紺の水がなみなみと貯えられていて、広大な池は対岸も見えず、まるで湖のようだった。周囲には冬枯れの芒や萱が生い茂っていた。

四

高松では一月の終わり頃にはもう春のけはいがする。雪も降らず、四国の冬は二人にとって過ごしやすいものだった。真冬にも青々とした野菜が八百屋に積まれてあった。冬は雪で地面は閉ざされ、新鮮な野菜の少ない北海道の事を思うと大違いでありがたかった。

二月になると急に暖かい日が増えて、食べ物が傷みやすくなった。

淑子はある日カレーを二日分作った。翌日の夕方帰宅すると変な匂いがする。はっとしてカレーの蓋を取ると腐っていた。あーあ、と淑子は勿体なくてがっかり。北海道の感覚では万事通用しないことを痛感した。帰宅した真吾は、

「いい経験じゃないか」としょ気ている淑子を慰めた。その夜は、ごはんと梅干し。それでもキュウリとトマトを添えて食べた。母にその事を話すと、「カレーにお酢をほんの少し入れると大丈夫。ごはんも炊く前に大さじ一杯位のお酢を入れて炊くと二日はもつよ」と教えてくれた。南国に暮らす人の知恵に淑子は感心した。また瀬戸内海の魚はどれもが淑子には珍しかった。

「お帰りなさい。今日はふぐのフライよ。こっちでは、ふぐがきれいに捌かれて、ひと山いくらで売っているのよ。お総菜に使えるなんて本当に驚いちゃった」

「やあ、うまそうだなあ、信じられない」

真吾はリンゴ箱の上に並んだおかずを見て言った。

「貧乏なのにふぐや鯛が買えるのだもの」

「これで一杯飲めたらなあ！　言うことないが。あ、ごめん禁句だったな」

「土曜日の夜もおいしいもの作るから」

週に一回だけ一本つけることにしていた。

「こっちの魚は北海道とは違うのね」

「うん、たしかに瀬戸内海の魚は淡白だ」

「淡白が私は好き。刺身もおいしいよね。サヨリ、サワラ、それにこの間お母さんが買ってくれたマナガツオなんて初めて食べたけどおいしかったねえ」

「マナガツオは高級魚らしいぞ。そうだな。はじめは物足りないような気がしたが、慣れてきたらうまさがわかってきた。やあ、このふぐのフライうまいなあ！　絶品だ」

「ほんとおいしーい。ふぐって毒があるっていうけど身だけなら大丈夫なのね」

「内臓の何かにあるらしいが、その内臓がまた凄くうまいらしい。昔は死んでも喰ったらしいから」と言って真吾は笑った。

淑子は勤め帰りに毎日、新鮮で安い魚を買って料理した。淑子はもともと料理好きだった。今は、真吾がこまめに包丁を研いでくれるから、台所仕事は一層楽しかった。

真吾はリンゴ箱をいくつか貰ってきて、やすりをかけ、棚を三段つけて食器戸棚を作ってくれた。それに淑子は、きれいな端切れを買ってきてカーテンをつけた。またリンゴ箱を重ねて物入れにした。屋根裏部屋も住みよくなってきた。

三月、天気は変わりやすいが、自転車で畑地を通ると麦が実り、ソラマメやエンドウ豆が春雨に濡れている。地中に吸いこまれていく雨を見ながら、一年中何かしら畑作物が収穫される南国の豊かさに、淑子は感動した。真吾に言うと、

「あ、わかった。それは一年中、休む時間がないということだ。北国では雪に埋もれている間は、暖かいストーブのそばで、お茶を飲んでおしゃべりもする。それがなくてこっちの人は働き詰めだ。特に女の人は。だから、かかあ天下なんだろう」と言った。それも一理あるなあと淑子は思った。

あっという間に五ヶ月が過ぎて、真吾はそろそろ菊枝の実家への連絡を考えた。じかに手紙を出すよりは誰かに頼む方がよいが、それが問題だった。淑子と頭をひねった。

「義母に私が手紙を書こうか。父の囲碁の友人に、たしか公証人をやっている阿部さんという人がいたから、その人に頼んでもらうというのはどうかしら」

「そういう第三者が一番いいな。それがいいかもしれない。書いてくれるかい」

直ぐに淑子は真吾の意志を手紙に書いた。義母には大体話してきたが、改めて今回の身勝手な行動を詫びて、これ以外に方法がなかったことを詳しく述べた。こっちの方もやや生活の目途がたったので、菊枝と子どもの状況を知りたいこと、養育費を送りたいこと、離婚に同意してほしいことなどを書いた。そして阿部さんに江別に出向いて話を進めてもらいたいこと、それにかかった費用も払うつもりでいること等々を書き、真吾の名前と連名にした。三週間ほど後、義母から返事がきた。

それには、阿部さんが江別に行ってくれたこと。菊枝と子どもは江別の実家で暮らしているが、菊枝に離婚の意志はなく戻るのを待つと言っているということが書かれてあった。

「心配した最悪の事態だけは避けられたようで、よかったな」真吾は淑子が、そのことを一番心配していたからほっとした。

「よかったわねえ。その事だけは。でも待つというのはあなたに対して愛情があったのかしら」

「やめてくれ。愛情のかけらでもあったら、俺の気持ちをああまで荒ませるものか。ただ意地を張っているだけだ。子どもをだしにして、俺が可愛がっていたのを知っていて」

「菊枝さんの悪口は言わないで」

「わかった。当面養育費を送ろう。どの位送れる？」

「そうね、いまは五千円が精いっぱいね」

「それでいこう。そのうち余裕ができたら増額することにして、いいかい」

「ええわかった。どんなに貧乏でも我慢できる。私は平気よ」

「菊枝は強情だから、意地でも離婚に同意しないだろう。真一はもう四歳になっている。これから十六年間は送らなければならない。長丁場になるが、淑子はできるかい？」

「勿論よ『当然の報いは無言でこれを忍べ』という言葉があるのよ。私は困難に立ち向かうことは厭じゃない。むしろ受けて立つほうよ。あなたも協力してくださいね」

淑子が生真面目な顔をして言うと、真吾は少し涙ぐみ、いきなり淑子を抱きしめた。真吾は淑子という女性が自分の思った通りだったこと、そして一生一度の大賭博であった駆け落ちは、正解だったことを改めて噛み締めるのであった。菊枝との五年間で学んだことは、心に蓋をすることだけだった。精神に闇を抱え耐え忍んできた。母や姉や世間への思惑に縛られて、体裁を繕って生きた年月を顧みて、今更にぞっとした。あのまま一生を送ることもあり得たであろう。

天国と地獄との差はこれだろうと思う。夫婦は仲良くいられたら、こんな歓びの極致はない。逆であったなら不幸のどん底だ。淑子が起爆力になった。俺はいま本当の自分を生きている。淑子との、この開けっぴろげな関係はどうだろう。このような男女の関係があるなど、真吾には想像もできなかった。

一方で真吾は会社のことが気がかりだった。

自分がしていた仕事は梶田が替わってするだろう。多少の混乱は避け難いかもしれないが、自分がいなくなったために、まさか会社が潰れることは万が一にもあるまいが。と思ってはいた。その混乱が最小限であることを祈っていた。いずれにしろ、このままでは心に引っかかってやりきれない。梶田に思い切って手紙を書いた。

やがて梶田から返事が来た。

「あんたが消えてからそりゃてんやわんやさ。社長の落ち込みは甚だしかった。そして俺にあんたの替わりになって助けてくれるか、と言った。俺は仕方なくやるしかないと引き受けた。しかしやってみて俺はいままであんたの指示通り動いていればよかったから楽だった。それが、この俺があんたの替わりをやるとなるとつくづく今迄楽だったことがわかった。知っての通りうちの会社の連中は、あちこちで営業をして屁理屈だけは一人前、営業畑でのすれっからしもいる。あんたはうまくまとめてくれていたなと、自分が直面してはじめてわかったよ。その点は悔しいが認める。しかしあんたはひどい男だよ。一に社長の信頼を裏切った。二に会社を一時的に危機に陥れた。三に家族を捨てた。何があんたをそこまで駆り立てたかは、わかるような気もするが、男としては仕事と恋愛を秤にかけたら俺なら前者を選ぶ。これが俺の返事だ。あばよ」

梶田の手紙は真吾にこたえた。何かを得れば何かを失う。真吾は心中で毎日社長に手を合わせていた。

五

淑子はいよいよ養育費を送り始めることで、気を引き締めた。

家計簿と名の付くものは高価だったから、安い大学ノートに線を引いて、始めに家賃、水道光熱費、養育費、消耗品、真吾の小遣いなどの必要経費を取り除き、残りを食費と雑費に当てるようにした。真吾は酒は我慢できるが煙草だけはやめられないと言う。営業中の手持無沙汰のとき、煙草は場つなぎになるし、ほっとした時の一服は、精神を落ち着かせる。そのように聞くと仕方がない。相当厳しい家計になった。

淑子は、夕飯の片づけを済ませると家計簿を出してつけ、脇の小さなスペースに一言メモを日記代わりにつけた。

「大変だね」と真吾は言った。

「うーんなかなか大変よ。『入るを図りて出ずるを制す』父がそう言っていたの。フフフ」と淑子は笑った。

「なるほど。できるだけ出費を抑えるってわけか。娯楽費ってないのかい？」

「それは贅沢の範疇だから当分はとれないのよ」

「随分、堅固な家計だな。たまには映画を観にいきたいな。テレビもないし」

テレビは無論ラジオも買えない。新聞をとり、月刊誌を買ってふたりで読んだ。

「きみのお父さんは、満州ではそこそこ、いい暮らしだったのだろう？」

「子どもだったからよくわからないけど、戦後の食糧難の時代は苦労したみたいよ。いつも中学生の私を前にしてお説教したの」

「どんな？」

「理屈っぽくて閉口した。父は静かにゆっくりと話すのよ。出しゃばらないで控えめに、居るか居ないかわからないくらいがよいとか。仕事はてきぱきとする。人のいやがることを率先してやるのがよい。そしていつの間にか片付いている、というふうに済ませ、誰がそれをしたか知られなくともよいのだ。黙っていても見る人は見ているものだ。とこんな感じ。もう、愬々と長いの」

「ふーん。それはそうと、きみは、いつからそんなに経済観念が発達したんだろうね」

「やはり、前の人と半端ではないお金の苦労をしたからだと思う」それが思いもかけずいま役に立つなんて皮肉だ、経験というものはどんなにつまらないと思われるものでも何かしら身につくのかと淑子は改めて思った。

真吾は淑子が乗っている自転車のパンク修理をした。その自転車は、原田が知り合いから使ってないのをもらってくれたものだった。

「あなた、いつも自転車のパンク修理ありがとう。でこぼこ道ばかりだからすぐパンクするのよね」

真吾のパンク修理は、どこから調達してくるのか、チューブの欠片とゴム糊、そして水を入れた洗面器と空気入れ、一本のドライバーが道具だった。

「自転車がお古だからな。タイヤが減って薄くなっているから、なおパンクするのだよ」

「そうね。週に一、二度もする。その度に自転車を押して帰って来るのよ」

「淑子の自転車買う余裕ないかい？」

「いまは無理。とても厳しい。もう半年位したらなんとかなるかもしれない」

「じゃ、タイヤだけでも取り換えるか」

真吾は会社のカブで通勤していた。朝、自転車のパンクを発見した時は、淑子はカブの荷台に乗って仕事場に送ってもらった。

六

夏、淑子は生理が遅れているのに気付き、医者に行った。やはり妊娠していた。生活は苦しいが淑子は産みたかった。

「ふたりの子どもだ。絶対欲しいな。しかし、きみが働けなくなってもやっていけるかい」

真吾は心配した。

「大丈夫。働ける間は働いて、少しでも貯金する」淑子は強く決心した。

そんなある日、建材店に勤めていた淑子は、倉庫の中で、仕入れの品をチェックしていた。と、急に下腹部に強い痛みが走った。その場にうずくまったが、出血していた。淑子ははっとして急いで事務所に戻って伝えると、すぐに若い人が病院へと連れて行ってくれた。ところが、荷台が空の軽トラックだから、がたがたと容赦なく淑子の体を揺さぶった。大量の出血が伴って痛みは募り、淑子は気を失ってしまった。

淑子は病院のベッドの上で流産したことを知らされた。三ヶ月目に入ったところだった。妊娠二、三ヶ月は最も大切な時期で、自転車やカブに乗るなどもってのほかと医師に言われ、淑子は後悔の涙にくれた。

二週間の静養で淑子の気持ちも立ち直り、職場に戻った。真吾は心配して、もう仕事しないでくれと言った。しかし淑子は、

「今度、妊娠とわかったら辞めるから。私はもともと体がとても丈夫なの。あなたと一緒になって心まで丈夫になったから」

「じゃ怖いものなしだな。しかし淑子はかなり、おっちょこちょいなところがあるからなあ、それが心配さ」

「それ、ある。失敗してもすぐ忘れるから失敗から学ぶという事がないみたい」

「そんなこと自慢げに言う奴があるか」真吾は笑って淑子の頭をコツンとやった。

養育費を送ると、菊枝の姉から手紙が来た。真吾の見合いの後、にせの手紙を書いた人である。確かにきれいな筆跡だった。そこには

これだけは言わずにはおれぬとばかり、数多の罵詈雑言を記して、最後に、

「人非人のあんたのやりかたは、到底許せるものではないが、妹は悲嘆に暮れ、それでも、あんたの帰りを待つと言っています。子どもの為にも戻って下さい。戻ってくればすべてを許します」と書いてあった。

「やったことについては、何といわれても仕方がない。どんなに惨憺たる生活だったか菊枝本人と俺以外に内実を知っている者はいないのだし……しかしあのままだったら、必ず悲劇が起った。この分では離婚の話合いは難しそうだな。しかしこんな手紙を寄越して、俺が戻るとでも本気で思っているのだろうか」と真吾は言うと手紙を破り捨てた。

あれほどの決断で地獄から逃げ出したのだ。いまの生活を、この心の安らぎを絶対に手放すものか。真吾は改めて心に誓い、ただ黙って養育費を送り続けるだけだと思った。向こうにとっては、はした金であるかも知れないが、であっても真吾の父親としての良心の証なのであった。

七

南国に住んだことのない淑子と真吾にとって初めての高松の夏はおそろしく暑かった。五月になるともうほとんど真夏である。

梅雨どきの不快指数もさることながら、七月になると、うだるようである。道産子の真吾は余程こたえていた。

夕方になるといわゆる「讃岐の夕凪」と悪名高い無風状態となり、空気の流れがぴたっと止る。

「いやあ、この暑さはただごとじゃないな」

真吾は家ではパンツ一枚で、わざと犬みたいに口を開けてハアハアとやって淑子を笑わせた。母が古い扇風機をくれた。重くどっしりしている。それを回しても、ただぬるい風がけだるい空気をかきまぜているだけだった。

「毎年この夏を過ごすことになるのかい」真吾はうんざり顔している。

「日本の北の果てから来たんだぜ俺。蒸し風呂に入れられて拷問を受けているようだ」淑子は声をたてて笑った。

「拷問はよかったね。私たち、この位の拷問に耐えるべき罪びとなのよ。甘んじて耐えましょう。『地獄の夏』を」

こんなことを言い合った。淑子は地獄の夏は一番ぴったりの表現だと思った。

「世の中にはクーラーというものもあるが」

「クーラーなんて夢のまた夢よ。まあそうこぼさないで。この暑い夏は、冬の暖かさと裏と表の関係よ。冬は、こんな冬なら凌ぎやすいなと、にこにこしていたじゃない」

「淑子ってときどき偉そうなことというね」

「多分、父からの受け売りよ。物事にはすべて表と裏があるのだそうよ。あらゆるものに対価がある。嬉しいの裏に悲しい。苦しいの裏に成果。耐えたのちに実り」

「楽あれば苦ありか。しかし泣きっ面に蜂はどうだ。悪いことばかりだぜ」

「あっ！　あれはなに?」突然淑子は天井の隅を指さした。そこに五センチほどの黒い得体の知れないものがじっとしている。よく見ると長い髭の様なものが動いている。

「なんだろう」真吾にもわからない。

「もしかすると、あれがゴキブリかも知れない。北海道にはいないからな、よくわからんが。でかいものだなあ」

「こわーい。どうする？」

「たしか、人間には噛みつかないはずだ」

「でも怖いよ。やっつけて」淑子は頼んだ。

真吾は箒の柄で虫をちょっとつついた。すると、虫はすすすすっと天井の端を滑るように素早く走って姿を消した。

「ああどうしよう。あんなものがいるなんて、いやだなあ」

「大丈夫だ。多分ゴキブリだ。明日誰かに聞いてみよう。退治の方法があるはずだ」真吾は流れる汗を拭いた。

その後もゴキブリには閉口した。アパートでは、自分の部屋だけきれいにしても隙間だらけだから、いくらでも外から侵入して来るのである。

またある日曜日のことだった。ふたりで母のところで夕飯を御馳走になり、アパートに戻ってくると、窓の網戸が十センチほど開いていた。見ると部屋の中に蚊がいっぱいいるらしく、暗闇でも顔に当たるほどだ。「うわー、きちっと閉め忘れたのね！」淑子は悲鳴をあげた。真吾が電燈のスイッチをひねると大声を上げた。

「天井を見てごらん！ 蚊がびっしりだ！」

「きやー、こわーい！」淑子はあまりのことに真吾にしがみ付いた。気が遠くなりそうだった。

「ともかく追い出そう」と彼は窓をいっぱいに開けて、バスタオルを振り回して、蚊を追い出しにかかった。淑子も必死で箒を振りまわして天井の蚊を蹴散らした。しばらくして、「よし、あとはフマキラーでやっつけよう」と、タオルでマスクをしてしゅーしゅーとありったけ吹き付けた。あとは蚊取線香だ。

この蚊の群来には本当に驚いた。


真吾は暑い中、それでも仕事に精を出した。真吾の仕事は、靴の小売店のお得意さん回りである。ライトバンに受注の品を積んで、高松周辺を走りまわった。

意外に保守的な土地柄であったが、真吾は聞かれるとすぐに北海道出身を告げて、気さくに話した。彼は流暢にしゃべるほうではない。むしろ朴訥としている。しかし真摯で愚直な性格は伝わり、得意先を広げていった。

高松市をはじめ周縁の、坂出、丸亀、多度津、善通寺、観音寺などが真吾の行く街まちである。訪問が重なるにつれ、得意先と親しくなり御当地名産の品を頂くことも度々だった。

また、真吾が釣り好きなのを知ると、瀬戸内の海釣りによく誘われ、メバルやベラという虹色の美しい魚を釣ってきた。これらは焼いても煮付けても実においしかった。

また、岡田社長と岡山での靴の見本市へ季節ごとに行き、靴の知識は年ごとに詳しくなった。

八

ちょうどその頃、義父の原田の奔走で新築の市営住宅に入居が叶い、淑子と真吾は四階建ての三階部分の2DKに移ることになった。家賃は二千円だった。いままでの半分になり、しかも広くて新しい。淑子と真吾は原田に心から感謝した。

母は引越しのお祝にと立派な食器戸棚を買ってくれた。風呂場はあるが、むき出しのコンクリートの空間があるだけで、風呂は自費で設置するようになっている。風呂を買うなどとてもできないので、真吾は行水で済ますことにし、淑子は銭湯に行った。

世話になった不動産屋の山田宅にふたりで挨拶に行った。この山田宅に、ふたりは時々招かれて食事を御馳走になっていた。

「本当にお世話になりました。山田さんは私たちの恩人です。あの時部屋が借りられなかったら路頭に迷うところでした」と真吾は言った。

「何を改まって。あの時、奥さんのお母さんが居られるのを隠して、自分の力で部屋を借りようとしたのは立派な心がけでしたよ。私の眼鏡に狂いはない。なに、引越しをしたといっても、市内に居るのやから、また遊びにおいでなさい。北海道の話をしながら一杯やりましょう」山田は機嫌よく言った。

一年後の夏、淑子の再びの妊娠がわかった。今度こそと淑子は自分を慎重に取り扱うことを誓った。彼女は、何をしても手早くフットワークは軽いがその分、間抜けなところがある。真吾に言わせれば、

「一緒に働いているときは気付かなかったが、随分抜け作だね。驚いたよ」

「私、たくさんのことを、早くしようとするからだめなのね」

「それに、淑子は、時々えらそうなこと言うかと思うと、夕べのお月さん、地球が一回り

している間もずっとあそこにいたの？　などと大真面目で訊くからな。これで母親になれるかな」真吾は笑っている。淑子は真顔で言った。

「育児の本買ってしっかり勉強する」

淑子は仕事をやめて家事に専念し育児の本を熱心に読んだ。絶対いい母親になりたかった。『婦人倶楽部』という雑誌を読んでいると、こんな記事があった。

『これからの婦人は「カキクケコ」で生き、男性に従属するようなことなく、自立の精神で社会のために役立つ人間を目指すべきだろう。考える、機転を利かす、工夫する、研究する、行動する、のアタマの字である』と。

淑子はなるほどと思い、カキクケコ婦人を目指して頑張ろうとひそかに思った。

生れるまでの期間は、遅々としてまちどおしく感じた。淑子は家事だけをして過したということは今までになかった。常に仕事を持っていたから、この悠長な時間に、いまだ見ぬ自分の子どもという分身がどのような顔形でこの世に現れるのか、興味津々であった。

彼女は翌年五月、女の子を産んだ。我が子を抱いたときの何にも例えようのない溢れる幸福感に、産みの苦しみもどこかへ飛んで行った。母はうれしそうに何くれとなく助けてくれた。

九

この地に来て、真吾と淑子は役所に転入届を出しに行った際、世帯主・風間真吾、同居人・藤原淑子、続柄は内縁の妻であった。国民健康保険などの手続きもした。妊娠して母子手帳を交付されたときも藤原淑子である。

淑子は籍などどうでもよいと思っていた。一緒に暮らす男女が愛し合い幸せであることが大事であり、形式には拘らなかった。

しかし、子どもが生まれ届けに行った真吾は、生れた子どもが「非嫡出子」と呼ばれるのを知った。法律上の婚姻関係にない間に生れた子どものことである。その通りだから仕方がない。風間の姓は名乗れないのか、真吾は一瞬愕然とした。淑子に話すと、

「いいのよ、それで。姓は何であっても、この子はあなたの子どもであることは間違いないのだから、それでいいのよ」

とさりげなく言ったものの、自分たちだけの問題であるうちはそれで良いが、この子が大きくなったら……。淑子もそれは考えたが、いま、真吾がそれを重く受け止めているら

しいのを察すると、彼の気持ちを軽くしてやりたかった。

「大丈夫よ。子どもはそんなことに頓着しないで大きくなるから」と明るく言った。真吾はともかく自分が父親であることだけは、はっきりさせたいと、認知届けを出した。

普通の人はしないようなことをしたのだから、何につけても、普通と違う局面に今後も直接間接に出会うだろう。淑子は困難を覚悟している。真吾のほうはそういう意味では甘かった。

赤ん坊の名前は理子。男なら真吾が、女なら淑子が考えると決めていた。女の子で淑子はうれしかった。女の名前をいくつか考えていたが決めかねて、結局名付けを父に頼んだ。十日後に父は毛筆で三つの名前を半紙に書いて速達で送ってきた。その中からふたりで選んだ。その手紙には父と義母と弟と妹の四人で頭をひねって考えたとあった。

父は誕生祝いに籐のゆりかご型のベッドを贈ってくれた。

ある日、蘭島の真吾の姉から手紙が来た。「母親が五月十日に亡くなったこと。七十四歳だった。真吾のことは私が話したから安心していたよ。すべてうちうちで済ませたから心配しないように。これからも幸せにね」

真吾は黙って淑子に手紙を渡した。

「覚悟して出てきたから、これでいいのだ」

「五月十日だなんて、この子が生れる少し前ね。信じられない。理子はあなたのおかあさんの生まれ変わりよ」淑子は赤ん坊を抱き締めて涙をこぼした。真吾も涙ぐんで言った。

「輪廻転生というがこうして命は繋がっていくのだろう。これでいいのだ」と繰り返した。

十

一九六〇年代の終わり頃、高松に初めて大型のスーパーマーケット「ダイエー」が出来た。開店以来毎日もの凄い人が押し寄せた。安いのはありがたいが量の多いのに困った。鰯ひと山買うと十数匹もある。当日は塩焼き、翌日は背開きにした蒲焼風。翌々日は、甘辛く濃い目の味付けで佃煮風にと、新鮮なうちに調理して置き、毎日火をいれて数日間にわたって使った。副菜に工夫して、飽きないようにした。お酢を使うと確かに腐りにくく、おいしさも増すような気がした。暖かくなってくると、作り置きの総菜は、母の家の冷蔵庫に入れさせてもらった。

ふたりの生活もそれなりに軌道に乗ってきた。淑子も早く働きたかったが、理子は二歳で、三歳にならないと保育園には入れないと言われ、仕方がなかった。それなら育児をしながら少しでも出費を抑える努力をしようと考えた。

ちょうどその頃、淑子が長年五百円ずつ積み立ててきたミシンが満期になり、ピカピカの新品が届いた。無論足踏み式であるが、淑子はうれしくて、

「理子理子、ミシンがきたのよ」

「ミシンてなに?」

「理子のお洋服がこれで縫えるのよ。一番に理子のを縫ってあげるね」淑子はわくわくして荷を解いた。

早速安い生地を買ってきて、二歳の理子の洋服を次々に縫った。淑子はかつて洋裁を習っておいてよかったとつくづく思った。

夏服は簡単だったから、理子と同い年の遊び仲間の子にお揃いを縫ってあげた。その子の母親と淑子は話が合い、大切な友人になっていた。山崎と言う苗字で、その子の上に小学二年のお姉さんがいた。山崎さんはとても美人だった。

「タオル二枚で作ったのよ」淑子が言うと、

「あらあ、素敵じゃない。私も少しは洋裁習ったけどミシン全然使ってない。教えて。上

の子にも着せたいから」

「ええ、一緒に縫いましょう」

山崎さんもすっかりミシンの虜になり、二人であれこれおしゃべりしながら、子ども服を次々に縫った。そして今度は自分たちの服を、さらに旦那のアロハなどを雑誌の付録を見て仕立てていった。

淑子はこの数年、自分の洋服も買っていない。流行遅れの洋服をほどいてせっせと仕立て直し、やっと自分らしいおしゃれができるようになった。

山崎さんの旦那は国鉄マンだった。平凡に堅実に夫婦仲もよいらしく見えた。

「お宅はもうひとり生まないの？」と山崎さんは訊いた。淑子は嘘は言えない。この人ならわかってくれると思い、すべてを打ち明け「養育費を毎月送っているから、もうひとり欲しいけど駄目なの。いまでも実は経済的に大変なの。だから我慢しているのよ。理子にはきょうだいがいなくて申し訳ないと思っているけど、その子が二十歳になるまで送るつもりよ」と話した。山崎さんは驚いたが、

「偉いね。普通は養育費を別れる時約束しても、それを続けている人はいないらしいから」

「偉くない。とんでもない人間なのよ、あたしたち。あきれた？」淑子が訊くと、

「ううん。あきれるどころか、すごい情熱家がふたり揃ったんだなあ、と感心している」

「あなたも恋愛結婚でしょ？」淑子は訊いた。

「まあそうだけど、職場でね。でも、なんかさらりとしている関係よ」

「それが一番幸せなのではないかしら。お互いに信頼し合ってさえいれば平凡でいいと思う。お宅は理想的よ」淑子は真実そう思った。


真吾のズボンも大分くたびれていた。買う余裕もない。腿のあたりが光っている。

「これはいい生地だから、裏返して縫ってみたらどうだろう」と、こともなげに真吾は言う。淑子はええーっと思ったが、これも宿命かと、観念して挑戦した。何日もかかった。

「少々難ありだけど出来た！　穿いてみて」淑子は苦心作を出した。

「おお、よくやった。お前の言う『為せばなる』ではないか。なかなかいいぞ。あれっ尻のポケットは？　蓋だけしかないぞ」淑子は笑い出した。

「どうしてもうまくいかなかったから、飾りだけよ。ごめんね」

「これはちょっと、手が習慣的に尻ポケットにいっちゃうな。まあ何とかなるだろう」真吾も笑った。

「ご苦労さん。前の方はよく出来たね。これでまた何年か穿けるよ。よくやった。理子、お母さんは天才だよ」真吾はうれしそうに理子を抱きあげて頬ずりした。

十一

二人が高松へ来て五年目の春の日曜日だった。市営団地の庭の桜は満開、爽やかな風は桃色にそよいでいた。

淑子と真吾の住む2DKに、山田がぶらりと現れた。手には珍味のカラスミを下げている。会うのは正月以来である。

「いらっしゃい。お久しぶりです」真吾が玄関で招き入れている間に、淑子は手早く居間を片付けた。娘の理子は三歳である。ままごと遊びをしていた。

「いらしゃいませ」淑子は笑顔で挨拶した。

「これカラスミ。長崎に行ってきたのじゃ」

「あら珍しいものをありがとうございます」真吾も一緒に頭を下げた。

山田は座ってお茶を一口飲むと、

「実はの、わしの大学時代の友人が東京で事業をしている話はしたことがあるやろ」

「はい、聞いております」と真吾。

「その男、倉橋というやつだが、医療関係の精密機器を作っておる。仕事が滅法忙しいらしいんや。東京の千住という所での、まあ小さな町工場で十五、六人、人を使って医療関係の消毒器や何やら難しい機械を作っておるらしい。そこで、自分の片腕として働いてくれる信頼できる人物はおらんか、と、こういう話や。わしは風間君ならええやろと思うた。どやろか。風間君は東京で働いて見る気はないかね」

「はあ」突然の話に真吾は淑子を見た。

「きみはわしの大事な飲み友だちやから、ほんまは東京などに行って欲しゅうない。そやけど、風間君の将来の事考えたら、高松で靴屋をやっておっても、正直言って、芽は出んと思うんじゃ」

山田は真吾と淑子の家庭の事情はよく知っている。ふたりは山田を父親のように思っているくらいである。

「倉橋という人間は信頼していい。若い風間君はここで埋もれるのは勿体ない。将来の事や収入の事も考えるとな」

「ありがとうございます。思いがけないお話です。少し考えさせていただけますか」真吾には今、それしか言いようがなかった。

「無論ですよ。よう考えて下さい」

山田は言うと、無心に遊んでいる理子の方へ目を向けた。

「この子はほんまにおとなしい子やな。わしの孫も三歳だが、なんか知らんが騒々しい子や」

「山田さん一杯召し上がりますか。頂いたカラスミもありますし」淑子は言った。

「いやいや、きょうは商売がありますでな。また近いうちにやりましょう。では、この件はふたりでよう相談して考えてください」

「わざわざありがとうございました」

理子も加わって三人で山田を見送った。

「この町から出る話など思いもかけないな」真吾は改めて驚いたように言った。

「本当にね」それからふたりは、この話をよく検討した。真吾は靴屋の営業に満足しているわけではなかった。しかし、自分が今、かつて渇望した幸せの中にあること、この落ち着いた暮らしを失いたくない、と思う反面、この街には確かに覇気がないとは思う。なにかぬるま湯に浸かっているようなゆるい空気を感じているのは確かだ。だが、自分にはこれ以上のことを望んではならないと、慎ましい幸せに充分感謝していた。

「若者がみな東京や大阪、神戸へと行くのもわかる気はする。今、東京は景気がいいらしい。札幌でも景気が上向いていたからな。お前はどう思う？」

「私は景気のことはわからないし、あなた次第よ。でも、あなたが本当に好きな事は営業ではないでしょ。此処へ来てそれしかなかったからやっている。山田さんもそれを知っているのよ」

「しかし、医療器など何の知識もない」

「それはこれから勉強すればいいと思うけど。あなたが本当に好きなのはものを創ることでしょ。手先は器用なのだから、技術的なことは学べば大丈夫じゃない。これはもしかして好きな仕事に就くチャンスかもしれない」

「そうかな。俺、これでいい、分際を知り、このまま淑子と年老いて、理子の孫でも抱いてなどと漠然とだが考えていた……。お前は挑戦した方がいいと思うのかい？」

「あなたが決めるのよ。ただ、このまま此処で老いると言うのはあまりに内向き過ぎだと思わない？　まだ三十三じゃない。私はあなたとなら何処で暮らしても平気よ」

「それはうれしいけど」

「それに収入も多い方がありがたいわ。養育費の増額もできるし」

「そりゃそうだが」

「仮によ、その会社でうまくいかなかったとしても、営業なら何処ででも出来るじゃない」

「そりゃそうだが……」慎重な真吾だからと淑子はそれ以上言わなかった。

数日後真吾は、

「淑子、やっぱり東京へ行こうか」と言った。

「決心したの?」淑子は笑った。

「私がウサギならあなたはカメね」

「俺、ほんとに決断力鈍いのだ」

「それでいいじゃない。私はすぐ行動して失敗ばかりしているから」

「東京で働くなど、なかなか願っても叶わないことだ。山田さんの友だちなら信頼できる。それに給料も今よりはいいはずだ。行くことにしよう」

「賛成よ。じゃ早く決心したこと山田さんに伝えないと」

淑子はうれしかった。

「そうだな。今日、直帰にして山田さんの家に寄ってくるよ」

真吾はその夕方、山田宅の茶の間に座っていた。山田は上機嫌で、早速、真吾の前で東京の倉橋の所に電話して、真吾が承諾したことを伝えた。真吾は山田と電話を替わり、倉橋とじかに話をした。

「上京は二、三ヶ月先になります。替わりの人が見つかって、その人と得意先を一緒に廻ったりしなければなりませんから」真吾が云うと、

「承知しました。引越しの費用などはすべてこちらで持ちますから、そのつもりでよろしく頼みます」と倉橋は答えた。

その夜、山田家で一杯御馳走になりながら、真吾は、自分たちの未来が思いもかけず、すべて良い方へ良い方へと開けていくような気がして、かえって恐ろしい位に思い、それを正直に山田に言った。

「きみたちが努力するからこそ、そのように回っていくのだ。何の不思議もない。若い者はどんどん挑戦して自分の可能性を試して行くべきじゃ。『転石苔を生ぜず』と言う言葉がある。転がっている石には苔は生じないという意味だが、聞いたことありますか？」

「いいえ知りません」真吾は答えた。

「この解釈はヨーロッパとアメリカでは全く正反対なのだ。イギリスでは、苔を人生上の貴重な経験としてとらえる。従って頻繁に仕事を変えるのは、一つの仕事に精通することによって見えてくる貴重な経験が得られなくなる。耐えて頑張れば自ずと道は開けると、このように解釈される。が、一方アメリカでは、苔とは、サビや淀みのようなものを意味する。ひとつの所にとどまったままでいると、人間的活力が奪われる。絶えず自分の姿を変え続け、新しい経験にチャレンジし続けることで自分自身を磨き成長させていくことにつながる、とこのように解釈されるそうだ」

「はあ、なるほど」真吾は感心して聴いた。

「アメリカの解釈はいかにもフロンティア精神のアメリカらしい考え方でしょう」

「そうですね。あ、わかりました。北大のクラーク博士の『ボーイズ・ビィ・アンビシャス』ですね。青年というには私は少しとうがたちましたが」真吾は笑いながら言った。

「ハハハハ、きみはまだ十分に若い」

その夜山田は陽気で饒舌だったが、

「きみたちがいなくなると、わしらは寂しくなるのう」奥さんを見て言った。

「ほんまにそうです。子どもらもめったに顔を見せませんし」奥さんもしんみりした。

真吾は帰宅して淑子にその話をした。

「山田さんって本当にいい人ね。せっかく親しくなった飲み友だちを、遠くへやるのは辛いのに。あなたの為に言ってくれたのよ。なんだか切ないわね」

「そうだな。あの日から足掛け五年か。早いなあ。しかし、俺、期待にこたえられるかどうかだ」

「為せばなる　為さねばならぬ何事も」

淑子が芝居がかったようすで言ったので、絵本を見ていた理子はびっくりして淑子を見た。ふたりがにこにこしているので自分もにこりとした。真吾は、その理子を抱きあげると、高い高いをした。子どもは訳もわからずキャアキャア喜んだ。

こうして高松の生活に馴染み、親しい人もできたが上京するとなると白紙に戻る。淑子は特に、母が孫の理子との別れを悲しむだろうと思うと、胸が痛んだ。

三ヶ月後、真吾は約五年間働いた岡田靴卸売商会を退職した。社長は残念がったが、きみの船出を祈ると言って、十万円の退職金をくれた。真吾と淑子は感謝あるのみだった。

残暑の厳しい高松桟橋である。

「お母さんには、桟橋へは来ないように頼んだの」淑子は真吾に言った。

「ああ、そのほうがいい」彼は頷く。

「またいつ会えるかわからないのね」淑子は、母を思ってこみ上げるものを我慢した。見送りに来てくれた人たちに挨拶した。山田夫妻をはじめ、義父、山埼母子、それに岡田社長までが見送ってくれた。理子は船に乗るのが嬉しくてはしゃいでいた。

真吾らは宇高連絡船が、桟橋を遠く離れるまでいつまでも手を振った。

「五年前、俺たちは無我夢中で高松に降り立ったが、今、こんなふうにいい人たちに見送られて、此処を離れるなど思いもよらない事だな。しかも、あの時いなかった理子がいる。俺たちはこんなに幸せでいいのかな」

真吾はじっと高松港を見続けたまま呟くように言った。

真吾はよく、俺たち幸せ過ぎるよな。もっと罰が当たってもいいのに、などと言った。真吾にとって幸せの尺度は、どれほどのものだろう。幸せに対して臆病で謙遜で、決してそこに、胡坐をかかない。淑子もいま幸せの中にいると思ってはいるが、真吾ほど、もっと罰が当たっても不思議はないとまでは考えない。彼は好きな酒を我慢している。淑子は苦しい家計のやりくりをしている。それ自体を罰と受け止めていた。しかし、真吾はやはり心に十字架を背負っている、ということを淑子は思わずにはいられなかった。

静かな瀬戸内海を船は滑るように走っている。ふたりにとって、忘れ難きこの町との別れだった。一九七〇年の八月だった。

「高松では東京で仕事に就くことは、出世と思われるのね」

「そうだな。海のものとも山のものともわからないのにさ」真吾は苦笑いした。

第二章（了）

第三章　結婚の地平

一

真吾たちは会社が借りてくれた2DKのアパートに落ち着いた。埼玉県のS市である。S市は埼玉県とはいえ、電車ひと駅で東京都に隣接しており、住人の大半が都内へ勤務しているベッドタウンであった。

「倉橋医療器株式会社」は北千住にあった。社長の倉橋啓太郎は、山田に聴いたところによると、東京出身であるが、高校時代の彼女が、父親の仕事の都合で北海道に住むことになるや、彼女を失いたくなくて、北大に進学を決めたという直情型の男である。北大では文学部で山田勉と知り合い、意気投合して、登山やアウトドアを楽しんだ。彼女とは連絡をとり、愛を育んで、倉橋の就職を待って結婚した、ということであった。

東京の倉橋の父親は職人で、小人数で様々の機械の部品を造っていた。時代の要請で需要は伸び、規模を少しずつ広げていた。啓太郎の卒業を機に会社組織にした。父親は数年後に息子を呼び戻し社長にして一線を退いていた。

倉橋は、初対面の日、真吾と食事をしながら、だいたいの会社の概要を説明した。

「大手医薬品会社の下請けであり、小規模ながらメーカーです。いま作っているものは、主に医療機器で、風間君には、それらのメカニズムに精通してもらうために、先ず図面を読み、そして図面を書き、設計ができるようになってもらいたいのです」

「はあ」

「そこで当面、昼間は私と一緒に営業に出てもらい、工学校の夜間部に入学して、一から学んでもらいたいのですが、できますか？」

「はい。やってみます」真吾は力強く言った。

「山田から聞いております。お互いに頑張りましょう。待遇面では悪いようにはしません。その学校は王子にあるので、ちょっと遠いですが、四時半に出かければ、十分でしょう」

倉橋は、おおよその見当をつけて、

「帰りは十時か、十時半になりますね。ちょっとご家族には申し訳ないが、二年間辛抱してください」倉橋はきっぱりと言った。

「はい」真吾も決意を滲ませて答えた。とにかく畑違いだから一からの出発を覚悟している。倉橋は大きく頷いた。

話が一段落して言葉が途切れると、真吾は煙草が吸いたくてもじもじした。

「きみは、煙草をやりますか?」じっと真吾を見つめていた倉橋はいきなり言った。

「はい」

「では、どうぞ吸ってください。我慢するのも辛いですからね」

「社長は吸わないのですか?」

「実はヘビーだったのですが、つい最近、医者に煙草か酒のどちらかをやめないと命の保証はできないと言われて、ハハハハ、大げさな医者だ。だが、確かに自分でもよくないと思う。酒はやめられないから、煙草にしたのですよ。いやあ実に厳しいです」

「それでは私も禁煙します」真吾はいきなり宣言した。

「無理しなくてもいい。だが、これからは車できみと一緒に移動する時間も多いし、きみは私に遠慮せねばならないだろう。困ったな」

「私は禁煙します。本当はもっと早く禁煙するべき身でした。チャンスです。実行します」

真吾は自分でも思いがけない決心を瞬時に口にした。そうだ俺は淑子が苦労してやりくりしているのに、言い訳をして吸い続けてきた。この社長が吸わない煙草を俺が吸う訳にはいかない。

「そうですか？　なんだか強制したようで心苦しいが同志になってくれますか？」

「はい」真吾は言った。

倉橋は頷くと、立って右手を差し出し、あわてて立った真吾と固い握手をした。

「ではよろしく」

「よろしくお願いいたします」


真吾は勉強するのにやぶさかでない。若い時は生活のために働かざるを得なかったが、これから勉強できるのかと思うと胸が高鳴った。だが「煙草をやめる」これは全くのハプニングだ。できるだろうか？　あれだけの固い握手をしたのだ。できるもできないもない。するしかないのだ。

帰宅してこのことを淑子に話すと、

「学校のほうはよかったわねえ。あなたには技術的なことがぴったりだもの」

「九月が入学だそうだ。毎日帰りが遅くなるが、我慢してくれな」

「我慢だなんて当り前のことよ。大変なのはあなたよ。煙草やめられるの？　約束したのならしかたないのね」淑子は笑った。

「これどうしょう」真吾はポケットの中から煙草を出した。

「今日を名残に思いっきり吸えば？ そして明日の朝からやめるのよ」淑子は笑っている。

「うん、そうする。捨てるのも勿体ない」

真吾は否応なしの立場に立たされ、いまを仇のように煙草を吸い続けた。

淑子は届いた荷物の整理をしながら、その様子がおかしくてたまらなかった。夕方三人でご近所に挨拶回りをした。ラッキーなことに理子と年の近い女の子が何人かいた。

真吾と淑子は、話し合って姓の違いをわざわざ人に言うこともないと考え、風間の姓を通称として使うことに決めた。

翌日、社長と真吾は作業服に着替えて、会社の工場長と工員たちに挨拶した。工場には、十五人ほどの工員が働いていた。衣服には油の染みがついているが、笑顔が幼い若者が目立った。社長に訊いてみると、

「いま、金の卵といわれている中卒の子をベテランが育てているのだよ。七人ほどいる。同じ地方の出身者がほとんどだ。そのほうが彼等にとって仲良くやれるし、気心も知れているからね。三年か四年くらいで腕利きの職人になる」

「彼等はアパートに二、三人ずつで暮らしている。この辺りには、うちの様な工場が多い。

時には育てた腕利きを同業者が、引き抜くこともある。業界にはいろいろな人間がいる。まあ、どの世界でもすべて競争ですよ」

事務所は二階の一隅にあり、中年の女事務員が一人いた。社長は「佐藤さんです。話していた風間真吾さんです」真吾は挨拶した。

「佐藤です。お話は早くから聞いています。お待ちしていました。よろしくお願いします。住いはどうですか？　私がいいと思ってきめたのですが」と如才なく言う。笑顔が好もしい女性だった。

社長の机の隣が真吾の机となった。

「ここは工場長の机です」出入り口に一番近い机を指して社長は言った。そこには製図板があり、物が一杯置かれてあった。緊張している真吾に社長は、

「まあ、ゆっくり慣れてください。佐藤さんに訊けばだいたいのことはわかりますから」と言った。

真吾は、昼間は社長と得意先を回り、夕方からは王子にある中央工学校に通い始めた。当時の校長は肩で風切る、かの田中角栄氏であった。

「やあ、吃驚した。社会人もいるかと思ったら、なんと高卒の若者ばかりだ。たまに二十

代もいるが、俺、いきなりみんなに「おとうさん」と呼ばれるようになっちゃった」真吾は笑いながら学校の様子を話した。

「なんだか楽しそうでよかったね」

「数表に慣れなくちゃいけないし、楽しいどころじゃないけどな」

真吾が帰って来ると「おかえりなさーい」と必ず駆け寄って来る理子を抱きあげて、頬ずりするのが習わしだったが、いまはいつも寝ていた。真吾は理子の寝顔を見て、指でちょっとその小さなほっぺに触れて、淑子と笑みを交わした。

こうして真吾は、日中は社長と一緒で、夜は学校で過ごしたから、禁煙するには環境がよかった。ちょっとの間苦しかったが、忙しさにまぎれて一ヶ月ほどで乗り越えることができた。

若者に混じると、通常の勉強では追いつかないと真吾は自覚した。そこで家でも絶えず復習した。いつも難しい顔をして図面のことを考えていた。社長は自宅用にと、図板と製図用の大きなコンパスのような道具を一式買って、真吾に自宅で実習できるようにしてくれた。彼は日曜日にもほとんど、図面書きに没頭した。

二

淑子は荷物の片付けが済むと、高松の山田勉氏、靴屋の社長、母や友人の山埼さんらに手紙を書くのに忙しかった。三歳の娘の理子は、おとなしくてひとり遊びが好きだった。淑子が何かしていると決して邪魔をしなかった。淑子が書き物をすると、自分もお絵かきをした。淑子が台所に立つとリカちゃんごっこを、淑子が本を読みだすと絵本を手に取った。淑子はおかしかったが、無論なるべく一緒に遊び本も読んでやった。

淑子は働きたかった。真吾の収入が足りないのではなく、上京してから養育費を増額すると家計は苦しい。これは他人にはわからないふたりだけの償いの証であり、それによってふたりは心ゆくまで幸福感に浸る免罪符が得られるのであった。向こうからは最初の手紙以来、何の音沙汰もなかった。

淑子はS市役所へ行き、保育園のことを訊いた。夫の年収などを聞かれ、働かなくてもなんとかやれるのではないか。もっと収入の低い人、子どもの数の多い人が優先です、と言われた。真吾が別居している妻との子に養育費を送っている、とも言えず、すごすごと帰ってきた。

それからは安い生地を買ってきて、また洋裁をした。理子の遊び仲間の四歳の二人の女の子にお揃いの簡単服を縫ってプレゼントした。二人の母親は喜んで、

「奥さん洋裁ができるのですか？」と訊く。

「ええ、あまり上手ではないのですが」

「じゃあ私の洋服を縫ってくれない？」

「えっ、よそのものは縫ったことないの」

「ではこれから縫えば？ 縫ってほしいの。お願い。私もちょこっと洋裁習ったけど、結局一枚も満足に縫えなかったの」とAさんは言う。嫁入り前に、大抵は洋裁を習った世代なのだった。

「じゃあ一度縫ってみましょうか。複雑なデザインは無理よ。簡単服なら」

という次第で淑子はAさんの洋服を縫ってあげた。すると、次から次へとそれが伝わり、私も私もと頼まれて淑子は困った。

Aさんが、縫い賃を取ってくれと言ったが、素人が縫ったのだから、貰えないと断ったがAさんは、労力も時間もかかっているのだから、取って当り前よ。と言ってきかない。

そしてAさんは頼む人に、これこれのお礼をしましょうと、申し合わせをして、淑子に有無を言わせず縫い賃を受け取らせた。

淑子は「なんだか内職になっちゃった」と真吾に言って笑った。彼が夜遅いので、子どもを寝かせた後、たっぷり時間があったから有効に使った。淑子は仕事が手早く、せっかちでもあるから一夜に、簡単服なら二枚は縫った。みんなが同じデザインでは柄が違っていてもつまらないと思い、スタイルブックを買って、それなりに研究した。大胆なデザインを好む人もいた。

そのころカラフルな化繊や木綿の生地が豊富に出回り、値段も安かった。専業主婦はどんどんお洒落になって生活を楽しみ、夫たちは概ね毎晩、残業か飲み会であった。世の中に活気があり「景気がいいのだよ」と真吾は言った。真吾も忙しく、ゆっくり話をする暇もないが、彼は山田に対しても倉橋に対しても期待に添いたいのと、自分の可能性に全力で向き合っているのが淑子には伝わった。

気の合う人もできて、淑子の生活は縫い物が加わり充実していた。やはり高松とは、どこか吹く風が違うのを感じた。丁度時代も重なったと思われるが、山田さんの先見の明はさすがだと思った。

娘の理子は、仲良しになった四歳の二人の女の子、あゆみちゃんと、よしこちゃんと毎日よく遊んだ。淑子は一人っ子の理子が、なるべく他の子と沢山遊んで社会性を身につけてほしいと思い、荒天の日は三人を家で遊ばせた。また二週間ごとに三人を市立図書館へ連れて行き、それぞれに好きな絵本を選ばせて沢山借りてきた。その二人は、揃って三人きょうだいだったから、どちらの親も非常に喜んでくれ、一挙両得なのであった。

一方で淑子は、常に子どもが二人いると思って仕送りを続けた。これを怠ったら本当にふたりとも人非人になってしまう。淑子はいつも心のどこかで私たちは世間を欺いている、という良心の痛みを忘れたことはない。

三

娘が四歳になった。淑子は再び市役所へ行き、保育園になんとか入れないものか相談に行った。二年間は保育園に入れて働きたかった。役所の係りの人は、真吾の収入を聞き、「幼稚園にやるのは無理ですか？」と言った。

「幼稚園の費用は高くて払えません。それに帰りが早くて働けませんし」淑子はもう、こうなったら洗いざらい打ち明けて、実情を知ってもらおうと決心した。

足掛け六年、真吾は戸籍上の妻と別居していること。離婚の話し合いに応じてくれないこと。一人いる子どもにその間、毎月月給の三割を養育費として送り続けていること。その子が二十歳になるまでそれは続けるつもりでいること。だからどうしても自分が働かなければ苦しいことを話した。

「それでは、あなたは未婚の母ですか？」

「そうです。この子は非嫡出子です」

「よくわかりました。では上の者と相談しますから明日か明後日でもいいですから、もう一度来てください」係りの人は言った。淑子は、何もかも話してよかった。あの人は口には出さなかったが、私の話をしっかり聞いてくれたと内心希望を持った。名前も訊いておいた。

次の日、淑子は嘘でないことを証明するのに、毎月の現金書留の控えを持ったが、その必要もなかった。

係りの人は淑子を見るとすぐに、

「上司と相談しまして、お子さんの保育園入園の許可が出ました。よかったですね」と言った。淑子は涙が出るほどうれしかった。これでフルタイムで働けると思った。「此処と、お子さんの様子などは詳しく書いて出してください。働く先は決まってからでいいですからね」と言った。淑子は感謝した。役所と言っても誠意をもって話せばわかってくれるのだと改めて知った。

そこは市立の「わかば保育園」という。

「理子、もう少ししたら理子もこの保育園でみんなと遊べるのよ。よかったね」一緒に其処へ見学に行った。

「うん」子どもはうれしそうにした。

園長先生に会い、淑子はまたここで、自分は未届けの妻であり、父親は離婚の話しあい中で、現在は通称として父親の風間の姓を使っているが、諒解してほしい旨を話した。園長先生は役所から届いている書類を見ながら、わかりましたと言ってくれた。

四月の入園の日、それまで黄色い「わかば保育園」の鞄のファスナーを開けたり閉めたり、肩からかけたりして待っていた理子だったが、当日は何故か浮かない顔をしている。昼寝用の小さい布団も持って一緒に行った。先生に挨拶をして、淑子が帰りかけると、急に淑子にしがみついて「おかあさん、理子も帰る」と言いだした。「どうして?」「いや。

おかあさんとお家に居る」「あら？ どうしたの？ 楽しみにしてたじゃない」淑子はあわてた。担任の中村先生は腰を屈め、にこにこして理子の手を取り「理子ちゃんおはよう」というのに、理子は泣きだし「おかあさん、おかあさん」と淑子のスカートを掴んで離さない。淑子は困って先生の顔を見た。彼女は一瞬立ち上がり淑子に近づき、

「大丈夫ですから、心配しないで帰って下さい。よくあるのです。辛いでしょうが、おまかせください」と小さな声で早口に言って、理子をさっと抱きあげた。「おかあさん！ おかあさん！」の泣き声を後ろに淑子は門を出た。胸が張り裂けそうだった。（これが子離れの第一の試練か）と自分に言い聞かせたが、午後四時まではしくしくとみぞおちが痛くて落ち着かなかった。

時間に迎えに行くと「あ、おかあさん」と言って駆け寄ってくる。淑子はすぐに抱きあげた。子どもは今朝のことは忘れたような顔をしている。

「楽しかった？」と訊くと、

「うん」と言って中村先生の方を見た。

「理子ちゃんよく遊びましたよ。ね、理子ちゃん、お友だち沢山できたよね」と言った。

「ありがとうございました」淑子は理子を降ろして言った。

「明日もぐずるかも知れませんが、三、四日経てば必ず喜んで来るようになりますからね」と淑子を力づけるように優しく言った。淑子はもう一度礼を言って、理子を自転車の後ろに乗せた。

子どもが寝てから真吾に話すと、

「あんなに楽しみにしているようだったのに、母親と離れるということに不安なのかな」

「そうね。私も意外だった」「あせるな」と真吾は言った。

次の朝、保育園のスモックを着て出かける準備をした。さあと玄関を出ようとしたら、

「理子は行かない」と言う。

「あら、どうして？　保育園は楽しいでしょう。保育園に行ってみんなと一緒に遊ばないと、学校に行かれないのよ。理子より小さい子もいたじゃない」

「学校に行かなくてもいい」

「あら！　学校に行かないなんて、よしこちゃんも、あゆみちゃんも来年は一年生よ。一緒に遊べなくなっちゃう。大変よ」

「理子、学校に行かなくていい」

矢張り昨日の朝、よほど悲しかったのだ、と思うと淑子は挫けそうになった。

「理子、おいで」淑子は彼女を膝に抱いた。

「あのね、誰でも学校に行ってお勉強しないと大人になれないのよ。学校に行く前に保育園か幼稚園に行って、お友だちと沢山遊んで大きくなるのよ。理子はお利口だからわかるでしょ。わかるでしょ」理子の髪を撫でながら祈るような気持ちで淑子は繰り返した。時間に遅れてもいい。この子が納得することが大事だと思った。やがて、

「わかった」と言った。子どもはそのことがわかったのかどうかは疑問だったが、母親がそれを望んでいるのを察したように保育園の鞄を肩にかけた。淑子はほっとした。保育園で自転車から降ろすと、

「おかあさん」と泣きそうな縋るような顔で淑子を見上げる。そこへ中村先生が駆けつけて来て、

「理子ちゃん、おはよう！　きょうは御本をたくさん読みましょうね」と言って淑子に目配せをしたので、淑子は振り返らずさっと引き揚げた。

　自分がめそめそしてどうなる。その足で彼女は職安へ行った。鉄工所の事務員というのがあった。場所が保育園と比較的近かったから、そこへ面接に行った。広い事務所に三人の男性と一人の女性がいた。庶務の遠藤という人と簡単な面接をして採用された。経理を

している女性の手伝いと、工場の連絡などの雑用が仕事のようであった。翌日から淑子はいよいよフルタイムで働くことになった。

保育園は夕方五時半まで預かってくれる。子どもは三日目、送って行くとちょっと未練げに母親を見送るが、もう泣くことはなかった。夕方迎えに行くと、きょうあったことを、楽しそうに報告するようになった。夜、真吾に逐一話した。

「そうか、ずっと母子はべったりだからな。理子もおまえも、ひとつ試練を乗り越えたわけだね」と言った。淑子には大きな感動だった。

四

真吾は、中央工学校を、成績優秀総代で卒業し、賞状と盾をもらった。努力が実を結んだ。若者らは祝ってくれた。彼は「おとうさん」の面目をほどこしたのであった。

実際真吾は毎日時間の許す限り、工場へ顔を出して、現場で職人の仕事を極力見ていた。また、会社にある既存の図面を熱心に見たし、社長や工場長に質問し、納得するまで考えた。それが、高卒の若者たちとの違いであった。

厳しい二年間だったが、持ち前の器用さで真吾はどうにか倉橋社長の片腕として、仕事に慣れ前進していくようであった。そして、やっとサラリーマンらしく夕方七時とか七時半に帰宅できるようになり、ときには社長や得意先と一杯やることもあった。

彼は働くことに喜々として臨んだ。新しい製品を作る、作るものは一つとして同じではない。その製品の基本的構造は同じでも、設置する場所、使われる薬品、規模の大小などで、それぞれに細部で異なる。だから向き合う度に新しい。決して飽きない。より精度の高いものを目指せば設計、製図の段階は重要になる。

医療器業界は科学技術の進歩と、医療それ自体の目まぐるしい進展で、ひとときも、とどまっていることはない。こうした業界で、職人と混じり真吾は部品を作ったり、改良したりと工夫に余念がなかった。

家にいても何か淑子にはわからない図をメモして、しきりに考えていることがよくあった。淑子がどんなものを作っているか訊くと、

「たとえば、抗生物質の薬でカプセルがあるだろう。それは始めにその薬品を一定のところで撹拌し、順々に工程を経て、あのカプセルに詰められ、密封され、容器に入れられ、薬として完成する。まあ簡単に言えばそのような器械を作っているのだ」

「ふーん。オートメーションてわけね。それは大きいの？」

「そりゃ大きいよ。一つ何千万もするんだ」淑子はそれ以上聞いても理解を越えるのでやめた。

真吾は、納期が迫ると、早朝五時頃に家を出て、夜は十時、十一時ということも珍しくなかった。彼は仕事が面白くて熱中していた。

そして納品が済むと、実に晴れやかな笑顔で淑子に告げる。「きょう、嫁に出したよ」と。社員一丸となって何ヶ月にもわたり、手塩にかけて作りあげた精密機器は、きっと大切に育てた娘を嫁がせると同じほどに、愛着の深まるものなのだろう。

大きな達成感に満足して晩酌をする男らしい真吾が淑子は好きだった。

五

理子が二年間の保育園生活を終える頃、役所から、小学校入学の知らせが来た。姓名は藤原理子になっている。淑子は役所に行ってまた通称のことを話すと、教育委員会へ行くように言われた。そこへ行って同じことを説明して、子どもの学校での名前の通称を諒解してもらった。その時淑子は、中学生になるまでに離婚の件が解決しなかったら、また此処に来る必要があるか尋ねると、義務教育が終わるまでは、その心配はありません。と言われ安心した。

淑子自身は真吾の戸籍上の妻でなくても、一向に差し支えはなかったが、娘は違う。彼女が世間の人に何か噂されるようなことは絶対に避けたかった。そのために淑子は随分気を使った。だが、役所も筋を通して話をすれば、便宜をはかってくれるし、子どもの幸せを守ってくれる、そういうことがよくわかった。決して杓子定規なわけではないのであった。

真吾は理子が小学生になったら、淑子に仕事をやめて家にいるように望んだ。淑子も娘をカギっ子にするのはいやで勤めをやめた。

ＰＴＡの役員をしたり、生活協同組合に加入して、無添加食品の普及運動をしたりして、家事に専念した。そうした間にも淑子は何か効率のよい短時間の仕事はないものかと、毎日、新聞のチラシを見ていた。と、ある日、『新聞配達員募集！ 早朝二時間で月七万』淑子はこれだ！ と閃いた。早速新聞店に行き、翌朝から新聞配達員になった。

毎朝、午前三時起きである。家人の目を覚まさないようにそっと起きると身支度をして、外に出る。朝の空気はひんやりして気持ちがよい。初めの一日だけは店の人がやるのを見ながらついて歩き、二日目からは「順路帳」というものを見ながら一人でやらねばならぬ。淑子は必死だった。彼女の担当区域は大型のマンションが多かったから、そこの三か所ほどに梱包で置いてくれた。

淑子は、自転車で目的地に行きポケットから小型のカッターを出して紐を切る。新聞には既に沢山のチラシが挟まれてある。仕分けをして、襷を肩からかけ、持てるだけを持って、マンションのエレベーターで最上階へ上がり、新聞を玄関ポストに入れながら階段で降りながら配達していく。

始めのうちは時間がかかったが、数日で要領をつかみ、帳面を見なくてもわかるようになった。ただし月が替わると若干の変動があるから、月の始めは緊張した。本紙の他に「諸紙」といわれるスポーツ紙、英字紙、業界紙、週刊誌などのほか、委託紙もあった。結構煩雑であり、始めのうちは誤配も多く、終えてほっとして帰宅すると電話が鳴り、淑子は慌てて走るという有様である。一部だけは自宅用としてくれるが、他に余ったら必ず何処かに入れ忘れがあるのである。仕事は早いがどこか抜けている淑子は、当初しょっちゅう不着の電話をもらった。

慣れてしまうと淑子はこの仕事が好きになった。それは彼女が朝型人間であったことも大きい。また印刷したての新聞のインクの匂いや、一面に躍る今日のニュースの大きな見出しを目にするのも楽しく、誰に気を遣うこともなく自分の責任でマイペースで進められる。早起きは得意だし、体を動かすのも嫌いではない。寝静まった朝まだき、自分の足音と新聞の擦れる音だけが聞こえ、終わる頃しらじらと夜が明け染める。気分は爽やかこの上もなく彼女の心を潤した。

とは言え、晴れの日ばかりではない。雨の日、土砂降りの日、強風の日、台風に雪の日等々、言うに言われぬ厳しい日々もある。あまつさえ、時間は待ったなし。一刻も早く届けるのが使命である。若者に３Ｋなどと言って嫌われる仕事であるのも頷ける。だからこそ報酬もよいのである。

半年ほど経つと、新聞店の主人から、その区域の夕刊もしてほしい、また少し経つと集金もしてほしいと言われ、淑子はすることにした。夕刊は三、四十分で終わるから、さほど苦にもならず、集金は一定期間に済ますことが可能で、残りは単発的に訪問して、毎月残らず集金した。それにより、淑子の収入は増えて、ついに真吾の扶養家族から外され、税金まで納めるようになった。家計の必要経費を取り除いて、やっと少しずつ貯金をする余裕ができた。淑子はうれしかった。娘の教育費も貯めておきたい。

真吾は毎年元旦の朝だけは淑子と一緒に起きて配達を手伝った。元旦の朝の新聞は通常の三倍はある。淑子が頼んだわけではないが、年末年始の休みは運動不足になるからちょうどよいなどと言っている。彼は自分の三尺帯を結んで、即席のたすきにして新聞を沢山抱え、淑子の後をついてくる。淑子はそれを一部ずつ受け取ってポストに入れていく。渡す時おどけて笑わすから淑子はしんとしたしじまの中で吹きだすのをこらえた。朝日が昇るころ、ふたりの労働は終わる。

初暁を眺め、初湯に浸かり「今年もお互い元気でいこうね」と乾杯して、ほかの人たちが起き出すころベッドに入った。

六

真吾と淑子が北海道をあとにして、菊枝の実家へ養育費を送り続けて十六年経った。真吾の息子は二十歳になったはずである。向こうからは一度も何の音信もなかった。送ったものが戻ってこないのだから受け取っているはずである。

「恐らく真一には、父親の存在を徹底的に隠しているか、或いは死んだものと教えてきたかもしれないな」と真吾は言った。

「どうしてそう思うの？　仮にそうであっても、あなたには文句を言える何ものもないでしょう？」

「それはそうだが、普通は、思春期には人情としてなんらかのアクションを起こすものだとは、考えられないかい」

「それはあなたの希望的観測でしょう。そうしてほしかったの？」

「いや、俺には父親の資格はないし、これでいいのだが。ふと思った。きみにすまないことを言った。ごめん」

「いいのよ『父帰る』という小説があったね。家出した父が何十年振りかに戻ったら、妻も子どもも許して受け入れてくれた、というような筋だったと思うけど。あなたの場合の家出は、女と一緒だったから絶対許されないのよ。この小説の場合でも、その父親はどこかで女と暮らしていたはずよ。でもそれは小説ですものね」淑子は笑った。

ふたりの気持ちには余裕があった。彼は真面目になって言った。

「一応の義務は果たしたから、淑子、お父さんの友だちの公証人に、離婚の手続きをしてくれるように頼んでくれるかい」

淑子はすぐに父に阿部さんに頼んでくれるよう手紙を書いた。数週間後、返事が来た。菊枝は自分への慰謝料として、一千万円を即金で払うなら離婚に応じるということであった。真吾と淑子は一瞬唖然とした。わざとふっかけているのだ。というのが真吾の考えだった。金額は阿部さんに一任しますから常識的な金額を交渉してほしい旨を書いて頼んだ。ひと月後、五百万円で話がついたという連絡を受けた。

「貯金どのくらいある?」真吾は払うつもりでいる。

「三百万位はある。あとは父に借りようか」

「まさか、そんなことはできない」真吾はきっぱり言った。

「でも、よそから借りるよりいいじゃない。私の計算では、一年間に百万は返せるから二年で済むでしょ。いままで送り続けてきたものがなくなるのだから、あと二年できっと返せる。大丈夫よ、父はまさか利息はとらないでしょうから」淑子は笑って言った。

「そんな……二年で返せるなんて本当か?」真吾は絶句した。

「お願い。きれいに払って縁を切りましょう。私はそうしてほしい。理子の為に」

「そうか、済まないな。俺に子どもがいたばかりに、おまえに苦労をかけた。お父さんやお母さんまで巻き込んで……申し訳ない」

「いやだ、そんなこと言わないで、それを承知であなたを好きになったのよ」

「ありがとう。淑子には一生頭が上がらないな。俺ほど幸せな男はいないよ」

「私ほど幸せな女もいないと思う」

「じゃ、あいこだな」ふたりは笑い合った。

「菊枝は、この時を待っていたのかもしれない。どんな生活をしていたか知る由もないが……。最初に別れたいと思った時、裁判という言葉を思い浮かべた。しかし、あの頃一般人が裁判などは無縁の時代だったからな。金もないし。今、仮に、仮にだよ、家庭裁判所だと思うが相談したら、こんな大金を払う必要はないのかもしれない。俺たちのやったことは確かに一見無謀に見えるが、俺にも言い分はあるのだ。俺はくやしい」

「もういいじゃない。そんなこと考えたって仕方ないでしょ。お金で済むならそれでいいじゃない。私たちこれからもしばらく貧乏よ。これが罰よ。罰を受けましょう。それでいて誰よりも幸せと思っているのだから、これでいいのよ。私すぐ、父と阿部さんに手紙を書くね」

「よし、わかった！　俺が書くよ。お父さんにお願いする。そして阿部さんにも書くよ」

今まですべて淑子に任せていたが、真吾は淑子と一緒に文面を考えながら、夜なべして自分で手紙をしたためた。


真吾の離婚が成立した。終わって見れば厳しく長かった歳月も、貴重な時間であったような気がする。

「よかったな。ありがとう」真吾は言った。

これからは、真吾と淑子ふたりが働いたものは、ふたりのものとして、安心して使っていいのだと思うと淑子の胸は軽くなった。やっと普通になれた。これで普通に暮らせる。

「普通でないことをした者は普通を望んではならぬ」これを宿題としてやってきた。子どもの数も、籍、経済、人知れず随分苦しかった。淑子は自分が頑張ったのをよく知っていた。勿論、真吾も同じであるが、彼の場合、誠意は尽くしたという自己満足はあったが、子どもに対する十字架は残った。ともあれ淑子の心は新たな希望でふくらんだ。

奇しくもその年、娘の理子は高校入学である。

入学手続きに戸籍抄本が要るなど淑子は知らなかった。それを役所でとって見た時、其処に正しく父・風間真吾、母・風間淑子、長女・理子、となっているのを確認した時、どれほど安堵したことか。そして淑子はなぜか運命的なものを感じた。私はいつもここ一番というところで救われる。何かが味方してくれる。これまでそう感じたシーンは幾度もある。淑子はその大いなるもの「私のかみさま」に心で手を合わせた。


ある日の夕食の時間だった。電話が鳴ったから淑子はすぐにとった。

「はい、風間です」

「あ、あの真吾さんは居りますか?」若い男の声だった。

「はい居りますが、どちらさまでしょうか?」

「あの、真一です」

「真一さん! 真一さんですね、少しお待ちください」淑子はどきっとして真吾を見た。

真吾も驚いてすぐに立ち上がり、受話器を耳に押しあてた。

「もしもし、真一か? どこにいる?」

「東京に来ている。研修で」

「そうか」

「明日、自由時間になったから会えるだろうか」

「明日は日曜日だな。もちろん会える。どこに泊っているのだ？」

「上野の旅館」

「何という旅館だ」真吾は興奮して気が急いている。

「……明日、また電話する」

「そうか。じゃあ電話を待っている。必ず電話してくれな」

「うん」と言って電話は切れた。

真吾と淑子は顔を見合わせた。ふたりとも激しく動悸している。

「研修で来ていると言っていた。就職したのだろうか」

「そうかもしれないね」

「明日電話すると言っていたから、かけてくるだろう」

「私も一緒に行く」

「おまえも？」

「うん、直接会わないけど遠くから見たい」

「そうか。そうだな、おまえは会わないほうがいいかもしれない」

「よかったね、あなた」

翌日、ふたりは朝から、今かかってくるか、今かかってくるかと、期待して、あたかも黒い生きものでも見るように、固定電話が鳴るのをひたすら待った。すぐ出掛けられるように着替えもした。何をするのも落ち着かず、昼になり、午後になった。そのころには期待はもうほとんど絶望に変わっていた。

と、電話が鳴った。真吾はぱっととった。

「はい、はいそうです。お待ちください」それは淑子への電話だった。

「あ、はい、はい明日ね。わかりました」彼女は手早く切り上げ電話を切った。

一瞬の緊張は再び、期待の空しさを前よりもいっそう重苦しくふたりを覆った。

「あなた、どうして旅館の名前訊かなかったの？」

「訊いたけど、明日電話するというのに、それ以上は言えないよ」

この人はやはり、あとひと押しということが、出来ないのだ。この子に済まないことをしたという良心の呵責から、親父づらはできないと思っている。淑子は心が痛んだ。電話が鳴るのを祈りながら、ただ本のページを開いていた。そしてとうとう夜になった。淑子は夕飯を整えた。真吾は酒をこくりと飲むと、

「ハハハハ、からかわれたのかな、そうは問屋が卸さないか。それも一理だ」

「会いたいと思ったのはきっと本当よ。でも仲間とほかのどこかの見物に誘われて、そっちに行くことにしたのかもしれない。若者にとっては東京での貴重な一日だったかもしれないし」

「そうだな。ついに父子の対面だ、などと夕べはちょっと興奮したが、俺は甘いな。よし、きっぱりと真一のことは忘れる。ちょっと声を聞いただけでも、大きくなったことを知っただけでもよかった」真吾は唇をきっと結んだ。

淑子は何も言えなかった。

「このニジマスはうまいなあ。やっぱり自分で釣った魚は実にうまい！」

彼は気をとりなおしたように言った。きょう買い物にも行けなかったから、淑子は真吾が沢山釣ってきたとき冷凍にしておいたニジマスを解凍して焼いたのだった。

「今度の日曜日に釣りに行って来るよ」真吾は朗らかに言った。

七

頬を切るような厳しい風も、いつしか清々しい早春になっていた。

淑子は、朝三時に起きて約二時間の新聞配達を終えると、すぐに洗濯機を回しながら、朝食の準備と、高校生の娘と真吾の弁当を作った。二人を送りだすと、新聞を読み、自分の今日の予定をなぞりながら段取りを考えるというのが毎朝のことだった。

大分以前から、誰もがマイホームを求めていた。淑子は私たちには夢ね、と言っていたが、父の手紙を見て考えが変ってきた。父は、貸した金はあわてて返さなくともよい。これから本腰を入れて家を買う計画を立てたらどうか、と言う。家賃を払っているのだから、その位のローンを組めば、無理ではないはずだ。家賃は永遠だが、ローンはいずれ終わる。その時家は自分の持ち家になっているのだと。もっともだなと淑子は思った。真吾に相談すると、

「お父さんに借りたものを返してからにしてくれないか」

「それは勿論そうする。それをしながらでも同じよ。家賃がローンに変るだけよ。私がう

まくやるから心配しないで。あなたの面目を潰すようなことは絶対にしない」淑子は説得した。真吾はようやく納得してくれ、任せると言ってくれた。

淑子の新聞配達は絶対続けなければならないから、今の住いと近い所が条件だった。すると近所の畑地だった所に、十一階建のマンションが建った。駅前ではなかったし、S市の外れだから、他と比べても値段は手頃だった。真吾と見に行くと、若い夫婦が多かった。真吾と淑子は彼らよりひと回り以上は上だろうと思い、人生を十年は遠回りしてきたのを痛感した。ふたりはそこを買うことにした。

世の中はバブル景気で真吾の仕事は忙しかった。購入のすべての手続きは淑子がした。そこは、欧米人が「兎小屋」と揶揄する典型的な3LDKの一棟建てである。百三十八戸の玄関がずらりと並んでいるこの建物を、マンションというのが面映く、淑子はひそかに「高層長屋」と呼んでいた。

ここで淑子は、普通に子どもの成長過程の悩みをなやみ、家族の健康に気を配り、心に患うことのない毎日をありがたく思った。周囲を見ると、パートやフルタイムで働いている主婦は、本当に忙しいのだった。自分の趣味を育てる暇などはない。それに比べると淑子の新聞配達は、短時間に効率よく働くことができ、かつ専業主婦と同じく家事もこなせ、自分の好きなことをする時間まで充分にあった。淑子は自分の健康と、延いてはこの恵まれた境遇にいつも感謝した。

八

自治会の活動が縁となり、淑子は特別に気の合う四人と親しくなった。四人とも夫婦共に団塊の世代で子はそれぞれに二人いた。ある日、突然一人が言った。

「夜、うちで旦那も連れて一杯やらない？」

「え？ 旦那も？」

「そう。子どもを寝かせて、大人たちだけで一杯やるのよ」

「それってホームパーティ？」

「そう、そう、それよ」

「わかった。金妻の高層長屋版ね」淑子はテレビで評判の「金曜日の妻」を思い浮かべた。すぐに相談はまとまった。五組の夫婦十人、会場は各家持ち回り、料理一品持ち寄り等々。

問題は知らぬ者同士の旦那たちが応ずるかどうかである。とりあえず一度と、休みに入った十二月末のこと、ひとつの家に集まった。旦那たちは、「やあ初めまして」などと挨拶したものの、どこかぎこちない。

それでも飲んだり食べたりするうちに、普段と違って綺麗に装った妻を見てわるい気はしない。それに他人の妻でも女性と飲むのは楽しいにきまっている。次第に打ち解け、互いの仕事などを披歴し合うようになった。

女たちがまた陽気で、冗談やシャレで盛り上げに努めたから、いやはや終わる頃には百年の知己のように親しくなってしまった。男たちは直ちに次回の日にちを決め、新年会をやるという展開になった。次と言っても数日後である。女たちはまさかこうもうまく運ぶとは思いもかけず、うれしいやら驚くやらで、手を取り合って喜んだ。

淑子は若い彼女らを眺めながら、自分たちとは明らかに生れ育った世代の違いを感じたものの、さほど違和感もなく、同じ長屋に住んだ者同士、家族ぐるみで親しくしていくことに何の躊躇もなかった。

真吾は最初この集まりに本音は行きたくなかった。しかし娘の理子が県外の大学を選んで、家を出て以来、淑子が落ち込んでいるのを見て心配でならなかった。だからこの誘いに重い腰を上げたのである。そこで淑子がいきいきとして本来の彼女に戻っているのを見てひと安心したのであった。

淑子はいつまでも娘の身を案じる母親では駄目だ。これからは真吾と一緒に出来るだけ人生を楽しもう、そうしなければ働くだけの真吾に済まないと思った。いつからか淑子の心の特等席には娘が居座っていた。真吾は隅に追いやられ給料貰って当たり前になっていなかったか？　だから娘が飛び立ったとき、あんなにも空虚になったのだと淑子は改めて気付いた。

五組の夫婦は結束して、毎月一回、会場持ち回りで子どもを寝かせて夜八時から飲み会を開くようになった。和をもって尊しとし、それがいつまでも進行形でという願いから「和·ｉｎｇ」と名付けた。真吾は仕事優先でよく欠席するが、淑子はいつも念を押した。

「いついつはワイングだから必ず休めるように仕事の段取りつけてね。あなたは働き過ぎるんじゃない？」

「俺も段取りはつけておくのだが、狂うのだ。みんなにわるいとは思っている」

もとより酒の好きな真吾であるし、この会を非常に楽しみにしていた。

この飲み会は、職業もそれぞれに異なるから話題は尽きず、なぜか飽きるということがなかった。信頼し合い心から打ち解けて、一人の悩みをみんなで悩んだ。子育て、教育、経済、ファッション、何でも侃々諤々、時に真剣な大議論に発展するが、誰かがきっと限界にいきつく前に、絶妙のタイミングで笑いバージョンに切り替える。実に役者揃いだと淑子はいつも感心した。

五組の夫婦十人の男の職業は技術者、大手会社員、警察官、セレブの洋服屋、塾の教師。そして女は淑子の新聞配達をはじめ、みんなが短時間のパートで働いていた。年齢は、最年長の真吾の四十九歳を筆頭に、あとは三十七歳から二十九歳で子どもの年齢は三歳から小学生が各二人ずつ八人いた。

飲み会は、はじめの数年は月一度だったが、諸般の事情でふた月に一度になったものの年に六、七回は全員顔を合わせた。それぞれが個性豊かなアイディアマンで、飲み、食べ、歌い、踊り、休みには子らを巻き込んで野山に遊びテントに眠り、悲喜こもごもの思い出は山となった。

真吾は五十四歳の時、それまで一度も大きな病気をしたことがなかったが、ある朝、激しい腹痛に見舞われ、緊急入院した。「S字状結腸憩室破裂腹膜炎」という病名だった。大手術を受けて命拾いしたものの、真吾の腹部には人工肛門がつけられた。入院は二ヵ月にわたった。このとき、真吾の心臓肥大が明らかになり、服薬となり、飲酒は極力控えるように言われた。

和ｉｎｇの仲間はそんなとき結束して淑子を助けてくれた。もろもろのことが起こるたびに和ｉｎｇの絆は深まった。

活気に溢れた「和ｉｎｇ」によって、真吾と淑子の人生は思いがけなく豊かになり、若い息吹をもらったのだ。考え方や行動が、ひと味違う団塊の世代から学ぶものは大きかった。持つべきものは友だちだ。真吾と淑子は過去のことは忘れて、旅へ出ると彼らへの土産を第一にした。

八人の子らはすくすくと成長し社会人となった。

こうした恵まれた高層長屋の生活であったが、幸福の陰には不幸が隠れている。二十年目にして、病魔が和ｉｎｇの五十代の男女二人を襲い、闘病の甲斐もなく相次いで彼岸へ連れ去った。

幸いにもここにただ一つ貴重な「和ｉｎｇ」の歴史の記録がある。それは五つの家族が持ち回りで編集長になって編んだ『和ｉｎｇ新聞』二十五号分である。このままでは散逸してしまうと、淑子の提案で本にすることにした。総まとめして一冊にしたのである。A4版、カラー写真入り百八十ページの分厚いものである。淑子とT子で編集して自費出版した。これはメンバーにとっては世界で唯一の宝物となった。

九

真吾は還暦を迎えた。和·ｉｎｇの連中は盛大な還暦祝いをしてくれた。

そのころ一人暮らしをしている娘の理子から電話があった。

「結婚したい人を連れていくから」

いきなりである。真吾と淑子は驚いた。いつ結婚するのだろう。結婚はしないのだろうか、と大半の親が心配することを彼等も考えていたから、来た！というのが真実の感想で、そのあとに例えようのないうれしさがこみ上げた。

娘の理子は「新人類」と言われる世代で、真吾と淑子からみるとちょっと変人だった。いわゆる「おやじギャル」である。競馬や相撲、野球、温泉に縄のれん。若者よりおやじと話が合うという実にユニークな子で、あれでは嫁の貰い手もあるまい、というのが、真吾と淑子の一致した見方であった。だから喜びもひとしおであった。続いて孫の誕生。そして二年毎に三人の孫に恵まれた。孫のお守も人並みにしたが、これこそは苦と楽の両極端であった。つまり孫と遊ぶのは至福のときであるが、その後の疲れは半端ではないのである。

ある晩、一杯飲みながら真吾はしみじみ言った。

「ほんとうに俺たち幸せだなあ」これは真吾の口癖である。

「よかったね。孫って想像以上に可愛いものね」

「責任がないからだよ。手放しで可愛がってりゃいいんだから」

「理子ってすごいね。威張っているのよ。ぬいだ靴揃えなさい！　手を洗いなさい！　まるで連隊長よ」

「ハハハハ母は強し。淑子の強さがそのままだ」

「私って、そんなに強い？」

「強いとも。俺なんか抑えつけられてぺっちゃんこ。草加煎餅みたいだ」

「どこが？　単にふとり過ぎじゃない」

「冗談はおいといて、俺、あの津軽海峡を渡ったときのこと、時々思い出すが、こんなに幸せになれて、これがほんとうの結婚だなとしみじみ思う」

「急にどうしたの？」

「いやあ、俺とおまえの道のりを思うとさ。断崖絶壁に立ったような場面もあったからさ」

「ほんとうね。私これからうんと贅沢する。特等席でお芝居を見たいの」

「俺は桟敷席で一杯やりながら相撲が見たい」

「行こうよ。でも安物の着物ではだめよ」

「買えばいいじゃないか。限界はあると思うけど、おまえの裁量でさ」

淑子と一緒になって、互いに欠点も知ったが、喧嘩らしい喧嘩はしたことがない。許し合い受け入れあって、苦しみを乗り越えて来た我々の仲を誰ぞ知る。天知る、地知る、俺と淑子が知っている。真吾はそんなことを思った。


淑子は最初の孫が生れた時、ちょうど六十歳だったが、新聞配達をやめた。定年はありませんと言われたが体力の限界も感じていた。この仕事を始めてまる十八年経っていた。素晴らしい体験だったし、期せずして足も腰も丈夫になったから感謝あるのみだった。

真吾は六十五歳で退職した。会社ではさまざまな変化があった。倉橋社長は、七十二歳の時、心筋梗塞で倒れ、数週間後に亡くなった。真吾には社長の死は痛かった。身を粉にして働いたのも、この社長を尊敬し、自分を頼ってくれていたからである。大分前から息子が跡を継ぐべく、準備していたから、そのまま会社は続いたが、バブル崩壊後から徐々に町工場の経営は厳しくなっていた。加えてコンピュータ全盛になり、業界の人間はそうした激変についていけず、真吾自身もパソコン時代に対応できなかった。若い社長は奮闘していたが、真吾が退職するときには退職金を工面できなかった。退職金積み立ても担保にして銀行から融資を受けている内実を知っているだけに諦めるほかはなかった。

淑子は落ちこむ真吾を慰めた。

「零細企業の悲哀ね。でも六十五歳まできちんと給料をもらって、なんとか健康で退職できたのだから、素晴らしいことよ」と。

退職後の真吾の夢は、新しい車を買って、淑子と日本全国行きたいところを走り回ることだった。

「それ、大丈夫よ。行きましょう。ちゃんと貯金してあるから」淑子は朗らかに言った。これからが、ふたりの真の人生をエンジョイする時間なのだ。

新車に買い替え、二十日間の北海道のドライブ旅行を皮切りに、日本のあちこちに、そして世界各地にも旅した。これまでのことを思うとこのくらいの御褒美は当然である。淑子はほかの誰と行くより真吾と行く旅が一番愉しいのであった。

十

淑子は六十歳ころから、エッセーを書き始めた。書くことはかねてより願望としてあったが、書くサークルに入会して仲間と批評し合いながら書くようになると、それに没頭して時間も忘れ夢中になっていた。自分の一番したかったことはこれだったと、はじめて気付いたほどである。数年後、S市の公民館主催のエッセー教室で学び、師について教えを仰ぎ勉強した。すると更に興味は膨らんで、書くことが至福の時間となった。彼女は書いたものは必ず真吾に見せた。

「俺のことあんまり書くなよ。ここは削除」「羊蹄山の標高が間違っているよ」などと指摘してくれる。

「あなたも書こうよ」淑子が誘うと、

「俺、小学校の時『ぽーっと汽笛を鳴らすと汽車は動き出した』という書き出しの作文が先生に褒められたんだ。それがよほどうれしかったのか覚えている」

「じゃ、書くのは好きなんじゃないの？」

「いやー、書けない。その気はないな。本を読んでいるのが極楽だ」

真吾は退職して以来、エネルギーを使い果たしたように、淑子と旅行に行く以外には何もしなかった。リタイアしたら焼き物をしたいと、よく言っていた。和ｉｎｇのメンバーの「ぐいのみ」を焼きたいと。淑子は市内のどこにどんなサークルがあるか調べて勧めたが、なぜか行きたがらなかった。釣りに出掛ける位で、ほとんど読書とテレビで過し、和ｉｎｇの飲み会を楽しみにしている。

淑子は、夜の晩酌の肴にだけは気を配り、必ず二時間位の夕食につきあった。その時間に彼女はその日のことを話すから、淑子の交友関係を真吾は詳しく知っていた。だから電話を受けても「あ、〇〇会の誰それさんですね」とわかるのできちんとメモして置いてくれる。

「有能な秘書がいて幸せです」淑子は言った。

「では給料ください」と真吾は手を出す。

「では、私にも家政婦としての給料ください」淑子も負けずに言う。

「参ったなあ。では相殺しましょう」真吾は言って笑った。

淑子は、在宅しているときは娘の部屋に籠って何か読むか書くか、していた。また彼女は六十五歳から一念発起して放送大学に入学したのだ。書くようになって、もっと勉強したくなったのである。だから忙しい。真吾が寂しく思っていることはわかっている。真吾の座っているソファの隣に座って、同じテレビを見たい、撮っておいたビデオを一緒に観たいとも思う。淑子は常にジレンマに陥るのであった。

淑子の勧めで真吾は健康ジムに週四日ほど行くことになった。

「俺の健康状態に合わせて、若い元気なインストラクターがやさしく指導してくれるのだよ」と上機嫌で通い出した。一年間ほど通って、定期検診に行くと今迄わるかった数値が格段によくなっていた。医者も驚いたそうだ。

「やっぱり、運動したのがよかったのね」淑子は弾んだ声で言った。

「うん、だけどもうやめたい」真吾の思いがけない答。

「どうして？」淑子はびっくりした。

「どうしても、行きたくない」登校拒否の子どものようだ。

「何かあったの？ 話して」

「うん。おまえは知っているとおり俺、便の袋にガスが溜まるだろ。トイレの個室でガス抜きするのだが、強烈な臭気が漂うよな。丁度その時小便をしにきた男が〈何だ？ このにおいは！　くせえな、くせえ、くせえ〉と大声でわめきながら用を足して出て行った。俺じっと個室でそいつのわめき声を聞きながら待ったけど、人に迷惑かけるんだよな」真吾は寂しそうに言った。

「障害者用のトイレないのね」

「うん、だからもう行きたくない」真吾は人工肛門をつけている。

「そうなの。辛い思いしていたのね」淑子は真吾に抱きついた。ふたりはしっかり抱き合っていた。そうすると気持ちが落ち着くのであった。

「もう、どこにも行きたくない」

「でも、外の風に当たったり他人と会話したりしないと、おボケになるよ」

「大丈夫だよ。おまえと和ｉｎｇの仲間だけいれば」

「そんなこと言っても和ｉｎｇの連中は若いから、まだ二十年は現役よ」

「いいんだよ。俺は自分がやってきたことの罰と受け止めているんだ」

「そんな……」自分の身に起きたことを、すべて因果律で納得させている真吾の考え方は違うと淑子は思った。病は誰の上にも訪れる。因果は関係ない。しかし彼女は敢えて反論はしなかった。

ジムに行かなくなったので淑子は夕方はできるだけ真吾の運動不足解消のために一、二時間一緒に歩いた。

あるとき、真吾は時々立ち上がった時などに、ふらっとする。和･ｉｎｇの飲み会でも起きた。診察で心臓に不整脈がみつかり「これは突然死する兆候です」と医師に言われたとき淑子は青くなった。今度はペースメーカーの埋め込み手術を余儀なくされ、絶対禁酒を言い渡された。真吾は身体障害者一級になってしまった。それでも手術後、これで、俺の心臓も大丈夫だ、などとうそぶいて、禁酒はどこ吹く風と飲み続けるから淑子は気が気ではない。うるさく言って争うのがなにより厭であった。和･ｉｎｇの飲み会でも彼女は憂鬱であった。

十一

ある朝、真吾はトイレに行き、しばらくすると、うーうーというこもった声をあげた。淑子がすぐに行ってみると、そこにいびつな形で倒れている。どうしたの？　淑子はあわてて抱き起こそうとしたがとても重くて、どうにもならない。あ、助けを呼ばなくてはと、急いで119をプッシュした。夫が動けないことを告げた。体重を聞かれ、七十キロと言った。救急車は数分で来た。屈強な男が四人来て、瞼を開ける脈を測る血圧を測る、名前を呼ぶ。そして直ちにしかし丁寧に担架に乗せて運びにかかった。一人が淑子にてきぱきと言う。

「奥さん、保険証を持って火の用心をして、戸締りをして一緒に救急車に乗って下さい」

淑子は気も転倒していたが、言われたとおりにした。脳梗塞らしいと判断され、脳外科のある大学病院に搬送された。早朝だったが、運よく脳外科の医師が当直で、直ちに応急処置がとられた。

六時間位後、意識の戻った真吾と会えた。医師は淑子に言った。

「たまたま私がいてよかったですね。脳梗塞は一刻も早い手当てが後遺症を防ぎます。命は助かりますが言語障害などが残ったら大変ですからね。風間さん」と真吾に呼びかけた。

「はい」と真吾ははっきり答えた。

「よかったね。先生のお話聞いたでしょ。本当によかった。しばらく入院ですって」

「わかったよ。しばらく酒は飲めないな」などとあきれたことを言う。先生はあわてて、

「お酒は絶対に飲んではだめですよ。脳梗塞にはお酒が一番悪いのです。奥さん禁酒です

からね」と淑子に念を押した。

真吾七十二歳の冬、これが最初の脳梗塞だった。一週間ほどで退院した。退院する度に飲み薬の数が増える。軽く済んだと思ったのか、真吾は淑子がどんなに説得しても禁酒はできなかった。薬を飲んでいるせいか、日常の生活は激しい運動を控える程度で見た目は病人に見えなかった。

その年の二月に真吾は奄美大島のツアーに行く計画を立てていた。淑子は真吾の体が心配で気が進まなかったが、結局行って無事に帰宅したのであった。

和ｉｎｇの仲間にも、医師の言葉を伝えているが、本人にその気がないから、なかなか酒はやめられない。

「俺、酒が飲めなかったら、何のために生きているのかわからない……」と嘆く。結局淑子にはどうすることもできないのであった。

真吾は、朝いつまでも寝ているようになった。夜は晩酌のあと九時頃にはベッドに入り二、三時間眠ると、目覚めるらしく、それから朝までテレビを見ているのだった。

ある夕食時、真吾は急に持っていた箸をぽとりと落とし、口を開けたまま入れていた食べ物をこぼしはじめた。淑子は驚いて、どうしたの？と言うが、口を動かそうにも動かないのだ。淑子ははっとした。脳梗塞かもしれないと思い、すぐ救急車を呼んだ。市立病院に搬送されたが、やはり思った通りで入院となった。

二回目の脳梗塞も無事退院できたものの、淑子は、真吾が何か夢中で取り組むような趣味を見つけなければ、お酒を控えることはできないと真剣に考えた。真吾に言うと、

「これから俺に何が出来ると思う？　もうからだ中、病に蝕まれているのだよ。血管も詰まり易いし、心臓の肥大もある。おまえが心配すると思って言わなかったが、足も腰も痛いのだ。それに何かやろうなどという気力が全くない」

「お酒がすべての病気の原因じゃないの？」

「例えそうであっても、考えてみろ。もう七十二歳だ。いつ死んだとしても不思議じゃない。おやじの死んだ年を越えている」

「いやだ、そんなこと言って！　私はあなたがいなかったら生きていけない」淑子は泣きだした。

「大丈夫だ。おまえは生きてゆく。理子もいるし、孫らもいるし、な、そうだろう？　おまえ大学はどうした？　このごろ勉強しているかい？　俺はいいのだ。これでいつも幸せだ」

淑子は立ってタオルで涙を拭きながら、

「大学なんかどうだっていい。あなたがお酒をやめてくれるなら、いつもいつも傍にいて、旅に行こう。ね、そうしょう。お酒をやめたら、きっと体は変って来る。私はそう思う。いくつになっても、人間の体には再生する力があるんだって。病気だって節制すれば、自ら持っている自然治癒力が働いて内臓も回復できるのよ。あなたは、ずっとお酒を飲み続けて自分で自分の体を痛めつけている」

「うん、よくわかるよ。飲むまいと思っても、おまえが旨そうなおかずを作ると、つい一杯やりたくなるのだよ」

「もう、混ぜっ返さないで」淑子は怒った。

真吾はあまりに働き過ぎたのだ。仕事の虫になって寝る間も惜しんで働いた。挙句、燃え尽き症候群になり、退職したら途端に、それがゆるみ酒量は増えていった。在職中は、実際に適量ですませ、ごはんを食べてぐっすり眠り、朝晴れやかな顔で出掛けたものだ。淑子は憂鬱だった。

十二

二度目の脳梗塞のあと、診察に行くと、医師から淑子も呼ばれ、レントゲン写真を前に「奥さん、心臓の肥大が非常に進んでいます。これです。白く膨らんでいるでしょう。薬を飲んでいるとこうはならないはずです。どうして進むか私にはわからないのですよ」

「はあ、先生お酒はわるいでしょうか？」

「勿論ですよ。飲んでいるのですか？」医師は驚いた様子で声を高くした。

「はい、毎日飲んでいます」

「えええーそれですよ。風間さんは一滴も飲んでないというのですよ。どの位？」

「ウイスキー二百ｃｃを水割りにして毎日」淑子はそれでも控えめに言った。

真吾を見ると、叱られた子どものようにきまり悪そうにしている。

「はあーそんなに！　それでわかりました。足もむくんでいますし、すぐ入院です。生活習慣を整えましょう。奥さんあちらで入院のことを聞いて、手続きしてください。少し長くなりますよ」医師は決然として言った。

入院患者としての真吾は、素直で言われたことはきちっと守り、看護師たちに冗談も言うから好感をもたれた。淑子は毎日行き、二時間位いた。真吾は退院したがったが、医師は首を振り腎臓の悪いことも判明して、結局入院は三ヶ月に及んだ。退院直前は精神不安定になり、夜になると病院から淑子に何度も電話をかけてきた。昼間行ったときはそのことを忘れているので淑子は変だなと思った。

退院後、一週間のうちに真吾の不審な行動は明らかになった。夜中に手帳がなくなった、財布がなくなったと言い始めた。すぐに淑子が見つけると不思議な顔をする。いつも置いている所にあるのに。次の日は夜中に何度も起きて、音がする、誰かいると不安そうにする。三日目には夜中にトイレでペーパーをありったけ引き出して足の踏み場もない。

淑子はいやな予感がした。真吾の異変を認めざるを得ない。昼間は普通にしていて夕べのことは覚えていないと言う。すぐに医師にそのことを告げた。医師は心療内科を受診するようにと言う。検査の結果、彼は「脳血管性認知症」と診断された。「認知症」？ 真吾が？ どうして？ 淑子は動転した。そんなことは思ったこともなかった。心療内科の医師は、

「奥さん落ち着いて下さい。CTを見ると、この方は脳梗塞を三回以上起こしています」

「え、二回です」

「それは表に現れた症状でスキャンにはその跡が残っているのです。これを繰り返していると、妄想が起こり認知症状が出ます。風間さんは内臓の疾患もありますから、これから大変ですよ。今、急性期ですからいろんなことを言いますが、逆らわないようにして頷いてください。そしてすぐに役所に行って介護保険の認定を受けて、ケアマネージャーを決めてその人に今後の対応を相談してください。すべてを奥さん一人ではできませんからね」

医師は親切だった。看護師からは、一人で介護を背負い込まないようにねと言われた。この病気の重大さが感じられ、淑子はただ茫然とした。だが、なってしまったものは仕方がない。自分が寄り添って真吾を看ていくほかはないと覚悟を決めた。

娘に話し、役所に出向き、ケアマネージャーをきめた。そうしているうちにも、真吾の認知症の症状は坂道を転がるように急速に進んだ。昼夜逆転となり、日中うつらうつらして、夜になると目が光ってくる。トイレもわからなくなり、ところかまわず失禁、意味不明の大声、表情はけわしく全くの別人になってしまった。

がらがらと人生が崩れ落ちていくのを感じた。介護の大変さは聞いてはいたが、実に聞きしに勝るすさまじさである。衝撃と寝不足と疲れで七十歳の淑子の体重は一ヶ月で五キロ減り、四十二キロになってしまった。

娘の理子と和・ｉｎｇのＨさん夫婦がなにかと助けてくれたが、Ｈさん夫婦には仕事があり、娘には小学生の子が三人いる。それでも来てくれた。このままではそれぞれの家庭まで壊してしまう。真吾はデイサービスには絶対に行かない。ほとほと困った。

ある夜中、真吾は胸が苦しいという。何回も救急車を呼んでいるから、深夜、またサイレンで騒がしくするのも気が引けて、淑子は念のため市立病院に電話して、宿直の看護師に言うと、カルテを調べてくれ、すぐに連れて来てくださいと言う。淑子は車に乗せて行った。当直医が診察をして即入院となった。夜中の一時だった。淑子は帰って寝るように言われたので、心配だったが言われるままに帰ってベッドに横になった。前後不覚に寝入った。

翌朝、必要なものを持って病院へ行くと、酸素マスクをつけ、点滴を受けていた真吾は、両手にミトンをつけてベッドの柵に結わえ付けられていた。淑子を見るといきなり、

「あ、淑子、帰るから。さ、帰る準備をして」と言う。看護師は、

「朝、目を覚ましてから奥さんの名前ばかり呼び続けているのですよ」と言った。医師は、

「心臓がよくない状態で一、二週間の入院が必要です。動きまわるために必要な治療がで

きないので安全のため拘束しています。御了解ください」と言った。淑子は頭を下げた。

「淑子、この手をほどいてくれ。帰ろう。ここは恐ろしいところだぞ。俺は殺される。帰ろう、早く帰ろう」と繰り返す。

「ここは病院よ。私がいるから大丈夫。点滴しないとよくならないから、じっとしていられるのだったら、はずしてもらおうね」

「病院?」不思議そうな顔をしている。

「病院よ。夕べ胸が痛かったでしょう」それは覚えていないらしい。

「この手をとにかくほどいてくれ」

淑子は自分が掴んでいるから、片方だけ外してくれるように看護師に頼み、ずっと真吾の手を握っていた。

真吾はうとうとして淑子がいるのを確かめるとまた目を瞑り、というのを繰り返した。昨夜は真吾の入院で淑子はぐっすり眠ることができた。退院すればまたてんやわんやの日常が待っている。淑子は絶望的になり涙がこぼれた。

その日、ICUから個室に移った。一週間で退院したがその間、大声で淑子の名前を呼び続けるので、他の患者の迷惑になるから一日じゅう付き添ってくれと言われ、彼女はおにぎりを持って朝から晩まで付き添った。

退院すると再び、淑子の格闘ははじまった。検査で心臓、腎臓、肝臓がわるくなっていた。頻尿だが、おむつを嫌ってはずしてしまうから、尿の始末に追われた。また亢進剤のためか、昼夜とおしてうつらうつらして、夜、熟睡できず淑子を眠らせてくれないのが最もきつかった。

土曜日に娘の理子が、三人の子を夫に預けて泊りがけできてくれ、淑子は駅前のビジネスホテルで一夜ぐっすり眠るために泊ったこともたびたびだった。ケアマネージャーは、デイサービスをすすめてくれるが、真吾はがんとして行かなかった。

救急車での入退院を繰り返し、いつのまにか一年半も経っていた。認知症になってから、お酒のことも忘れたらしく、飲みたいとは言わなかったが菓子類をのべつねだり、体重が増えてしまった。

そのうちに、市立病院には精神科はないから以後は精神科の病院に行くように言われた。持て余しているのがわかった。淑子は哀しかったが精神科に行った。

精神科の医師は、数回目の診察時に淑子を見て「奥さん、疲れていますね」と言った。淑子は思わず涙が溢れた。いつまで続くかこの試練。いっそふたりで死んでしまおうかと思っていたのである。

「奥さん、頑張るのもわかりますが、このままでは共倒れですよ。しばらく入院させましょう。いまは奥さんの休養が必要です」医師は静かに言った。この優しい言葉、淑子はまた涙にむせた。


S市から車で一時間の距離にその病院の入院病棟はあった。真吾が素直に入院するかどうか疑問だった。理子と婿殿が休みをとって車で来てくれ、その日送ってくれた。真吾を、その開放型の広いロビーに置いて、淑子と娘夫婦が帰ろうとすると、車椅子の真吾は急に立ち上がり、

「淑子、おまえは一緒じゃないのか?」と叫んだ。二人の看護師が真吾をなだめる。もう一人が目で早く行くように合図する。娘も急かす。「淑子! 淑子!」と呼ぶ声に淑子の胸は締め付けられるようだった。

翌日ナースセンターに電話して様子を訊くと「奥さんの名前を呼び続けていますが、大丈夫です。数日で落ち着きますから、心配しないで奥さんは体を休めてください」と言った。医師からは一ヶ月は面会に来ないように言われていた。

一ヶ月後、淑子が面会に行くと、少し痩せた真吾は、ニコニコして淑子！とうれしそうに近づいて来た。車椅子なしでゆっくり歩いていた。隣の人をNさんだよと、紹介し、妻です。と淑子をその人に紹介した。余りの変りように淑子は眼を疑った。いま見るかぎりは正常な真吾ではないか。

ソファに座り二時間ほど話を聞いていたが、やがてわかってきた。「Nさんと二人で今、ある計画を練っている。それは此処を脱出することで、大体の段取りはできた。あとはうまく実行に移すだけだ」と言う。奇想天外の妄想だが、本人は全く大真面目だった。

ともあれ、規則正しい生活で、他人と交流することが真吾には必要だったことがわかり、夫婦二人だけの限られた環境はよくないことを知った。帰る時どうなるかと、心配だったが「またね」と淑子が言うと、黙って頷いた。外へ出た時、淑子は少し泣いた。小さい子どもが母親にいい子ぶって一生懸命話をしているように淑子には思えた。いとしさが胸を塞いだ。

三ヶ月後真吾は退院した。体重も標準になり、淑子はほっとした。これからの事は不明だが、今を大切にしたかった。その夜、夕食を整え久しぶりに向き合って座った。主菜は真吾の好きな刺身にした。テーブルに座ると、

「一杯飲みたいな」と言った。

「えっ？　まさか。お酒は絶対だめよ。お医者さんに固く言われているの」

「何を言っているのだ。退院祝いに一杯もないなんて」

「御酒はないのよ」

「そんなばかな。じゃ調味料の酒あるだろ。それでいいから、一杯だけくれ」

淑子は唖然とした。調味料の酒だなんて、そこまで一瞬にして頭が働くなど真吾はかなり回復している。御酒を飲めば元のもくあみは明らかだ。そして今日飲めば明日も飲むことは間違いない。言い出したらきかない。淑子は台所で調理酒を小さいカップに注ぎながら心で泣いた。

精神が立ち直れば酒、壊れれば闇。この二律背反の現実に淑子は絶望した。

いつのまにか初夏だった。日中は、訪問看護師週二回、リハビリ師週一回。月一回病院。あとはテレビを見ていたが、午後は淑子とゆっくり散歩した。すぐ疲れを訴えるので近所を歩いた。車でスーパーに買い物に行く時は車椅子を積んで、それに乗せた。デイサービスをケアマネに再三勧められたが真吾は絶対行かないと言う。

薬は十一種もあり、緑内障の点眼は一日四回、ストマの交換、食事の介助、入浴着替えの介助、髭剃り、歯磨きそして頻尿のため、頻繁なトイレの介助等々、淑子は休む暇もない。そして、夕食時には必ず酒を要求するのがなにより辛かった。一杯で治まるはずもなく、酒を飲むと亢進剤も睡眠薬も効かないと医師に言われた通り、再び昼夜逆転の生活がはじまり、二ヶ月ほどで元の状態になった。淑子はわかり切ったことを防ぐこともできず、疲れと悲しみに空を見上げ溜息をついた。

ケアマネージャーに相談すると、奥さんと離れている時間を持つことが大事だからと、デイサービスに行って慣れてもらう方法として一計を案じた。

その日、打ち合わせて持ち物を揃え、車椅子に乗った真吾をヘルパーが部屋まで来てすっと連れ出すことにした。朝、

「お早うございます。風間さん御出掛けしますよ。いい御天気ですね」若くて明るいヘルパーさんは、すぐ真吾の車椅子を押してエレベーターに乗せた。真吾はきょとんとしている。淑子も送迎バスまで送るつもりでついていった。後部の扉が開いて、滑り台のようになっているところをヘルパーは車椅子を押して乗せた。真吾は不思議そうな顔で淑子を見ている。扉が閉じられると、真吾はいきなり淑子！ 淑子！ おまえは行かないのかと叫ん

だ。ヘルパーは脇のドアを開けて乗り込みながら、真吾に何か言っているが、淑子には真吾の呼ぶ声しか耳に入らなかった。

こんな姑息な手段を弄してデイに行かせるなんて淑子は情けなかった。今日一日どんなにして過ごすだろうか。ひどいことをしたようで良心に咎めた。ソファに横になるとひどく疲れているのがわかった。することが山ほどあったが、いまは休むことが必要だった。真吾といる限り昼も夜も断眠だけで、充分に眠ったことはない。

四時に帰宅の予定だったが、午後に電話があり、これから送ります。やはり無理のようです。と言われた。送ってきたヘルパーの言うには、「風間さんは行ってからずっと玄関に向かったまま、帰ります、帰りますと言い続け、どんなになだめても柱を掴んで動かず、食事もしないし困りました。こんな方は初めてです」と、苦笑いした。淑子は頭を下げるだけだった。

当の本人は淑子の顔を見ると安心したようにして「ひどいじゃないか」と言う訳でもなく、それが彼女には哀しかった。

次の診察時に、酒を飲んでいる事実を伝え、また入院を相談した。医師は「あんなによくなっていたのにねえ」と再入院を許可してくれた。真吾に再入院の事を言うと「うん」

と素直に頷いた。不思議な気がした。自分でも体調のよくないことを自覚しているのかもしれない。

淑子は真吾を車に乗せてK病院に連れて行った。手続きを済ませ、病棟へ行くと看護師たちが寄ってきて、

「あら、風間さん久しぶりね」とあっちからもこっちからも、笑顔で声をかけられ、真吾はニコニコした。いろいろ思い出したらしく、「ここに入院するのよ」と淑子が言うと、こっくりした。淑子はあまりの素直さにほっとした。ここならいいのかと不思議な気がした。お金も沢山かかるが仕方がなかった。

一ヶ月位後、医師に呼ばれK病院に行くと深刻な顔をした医師は、

「前回に比べ、全ての内臓の検査値が悪く、いつ何が起こるかわからない状態です。うちには内科医の常駐がないので、総合病院に移ってもらう他はありません。家での介護は無理ですし、病院が見つかるまで預かりますが、急いで探してください」と言われた。

すぐに理子とケアマネージャーにパソコンで探して貰った。

多臓器疾病と認知症という病人がはいれるのは、長期療養型というタイプしかないことがわかり、それは数が少なくて、なかなか見つからなかった。このごろ言われている「介

護難民」とは私たちの事だ、と淑子は思った。やっとFという病院に空きベッドが見つかった。

K病院では常備の病人運搬用の車に、用心のために酸素ボンベを乗せて、真吾はリクライニングシートに横になり男性の看護師が付いた。淑子も乗って梅雨寒のなかF病院へ向かった。木々は長雨に濡れそぼち、バイパスを走る車は水滴を跳ね飛ばしていた。淑子は真吾の顔を見ながら、この人はもう多分よくならないし長くはないのだろうかと思うと、いとしさに額や頬を撫でた。真吾は微笑んだ。精神科のK病院は最後まで親切だった。移ったF病院の病棟は隣にある大きな総合病院に併設されており、すべて個室だった。何があっても直ちに対応でき、期間に制限なく入院できるらしいこともわかった。

十三

車で三十分の距離にあるF病院へ淑子は週二回通った。真吾は機嫌がよいときと、わるいときがあった。認知症の症状はかなり減少しているように見えたが、内臓の方はあきらかによくなかった。

病院へ行くと、真吾が目覚めているときは、まず彼のベッドに近づいて、淑子は両手で真吾の両頬を挟んでにっこりする。向こうも微笑み返す。これがふたりの挨拶だった。それからベッドのリモコンで頭部を心もち上げる。

淑子はナースセンターへ行き大きめのボールに熱い湯を入れてもらう。きれいなタオルを三枚受け取り病室へ持ち込む。真吾の髭を剃るのである。

乾いたタオルの端と端を持って、熱い湯にひたし、両手でひねって固く絞る。それを広げて粗熱をとり、手でよく確かめて四つに折ったタオルを真吾の鼻から下、両頬にそっとのせる。あつがらなかったらしっかり抑える。こうして三分くらい蒸す。真吾の髭は、濃くて硬いからこれを二回繰り返す。そしてシェービングクリームを塗り、シックのかみそりで丁寧に剃る。真吾は淑子が剃りやすいように、進行に従って鼻の下を伸ばしたり、頬をふくらましたりする。そのとき機嫌がいいときは、目玉をぎょろりとさせて淑子を笑わせる。そうでないときはしない。真吾は電気カミソリが嫌いなのだった。

剃り終わったら熱いおしぼりで全体を拭く。髪の毛がなくなった頭も拭く。

ベッドのまわりを整えて、全部を洗面所へ持って行き、始末する。これが彼女の毎回のしごとになったが、それは淑子にとって楽しみでもあった。

看護師やヘルパーが出入りし、あら！ 風間さんいい男になって、とか、すっきりしましたねとか言われる。真吾はにこにこする。看護師は、「奥さんいつもありがとうございます。私たちの仕事なのに。とても助かります。風間さんは奥さんに剃ってもらった方がうれしいのよね」などと言う。

爪を切ったり、向きをかえたり、トイレに連れて行ったりと淑子は、いる間はなんでもした。こうして毎回、五、六時間過した。

ほんとうは毎日来てもよいのであるが、淑子は大学の面接授業を全くとっていない。それは二十単位とらねばならない。

面接授業の方法は、二通りあり、二日間朝から夕方まで、ぎっしり講義を受けて期限までにレポートを提出する場合と、毎週三時間ないし四時間の講義を週一回、四週間にわたって受け、レポートないしはテストを受ける。この二通りのどちらかの履修で1単位が得られるのである。そして申し込みは、三、四ヶ月前であり、希望の科目に申込者が多いと抽選になる。大変な手続きをして申し込んであるから欠席はしたくない。もし欠席したら、お金も無駄になるし、また三、四ヶ月先まで延びるのである。

それがあるために、淑子は真吾のもとに毎日行けないのであった。

ある秋の日、真吾は言った。

「おまえ、家でなにしているの？」

「大学の勉強しているのよ。卒業したいの」

「そうか。がんばって卒業しろよ。そういえばもう少しだって言っていたな」

「え、そんなこと覚えていてくれたの」淑子は思わず涙ぐんだ。

はじめて真吾が心臓病で入院する前に淑子は、半分以上の単位をとって、

「あなた！　五年で七十六単位もとれたのよ。絶対卒業するから！」

「そうか。でかしたぞ！　卒業したらお祝いしてやるからな。和・ｉｎｇの連中もびっくりさせてやろう。当分の間、皿洗いしてやるからな」と笑ったものだ。

その後の介護で淑子は一旦あきらめた。しかし彼の入院が、長引くようになると、ぼんやりしていてもしょうがない。大学を続けようという気になった。そして、こつこつと勉強していた。いま、かつての日のことを真吾が覚えていて、思いだしたということが、淑子には無性にうれしくて信じられないことだった。

「淑子、どうして泣くのだ？」ぽろぽろ涙をこぼす淑子に言う。

「だって、いろんなこと、あなた忘れて……私とても寂しかったのよ」

「そうか。俺ぼけたの？　年とったのだなあ。ごめんな」淑子は真吾がねたきりでなかったなら、おもいきり抱き締めたかった。それも叶わずまた泣いた。

「もう泣くな。誰でもいつかは衰えて死ぬ。すこし早いか遅いかだけの違いだ」

「そんな……」

「これでいい。おまえは？　これでいいか？」

淑子はだまって、涙に濡れた顔を真吾の顔に近づけて何度もほおずりした。

ちゃんと会話ができたのはこれが最後だった。

冬が過ぎそして春が来た。

もうその頃には尿も出なくなり尿袋がつけられたが。そこに尿は溜まらなかった。足のむくみはひどくなり、淑子はひたすらマッサージした。天気の良い穏やかな日には車椅子に乗せて桜咲く近所の公園を散歩した。

だが、そうしたことも次第にできなくなった。誰の目にも病状の進んでいるのは感じられた。医師は何も言わない。

その間にも和ｉｎｇの友人らは何度も見舞ってくれた。和ｉｎｇの三家族は、子どもが大きくなり、戸建を買って家移りしていた。Ｈさん夫婦と真吾と淑子夫婦だけがマンションに残っていた。

友人が来ると、真吾は苦しくても懸命に礼を述べたり、御愛想を言ったりと気をつかうのがわかり、淑子はそういう彼がいじらしかった。

娘の理子も一家で来る。彼女だけは一人でよくきた。それというのも淑子の大学の語学のテストが六月末から七月にかけて六回あった。それを淑子はどうしても受けたかった。わがままであることは承知していたが、これを見送ると、来学期になる。淑子には苦手な外国語であるが、必須科目でもあり死に物狂いで暗記していたのである。だからどうしてもこのテストを受けたかった。理子は一も二もなく「行っておいで。私がいてあげるから」と言ってくれた。

その言葉に甘えて行ってきた。数日後には別の外国語のテスト。このときは、和ｉｎｇのＨさんの奥さんの真由さんが「いてあげるから行っておいで」と言ってくれた。淑子は心底ありがたく思った。

十四

　この病院に入院した直後、淑子はカンファレンスルームで医師に真吾の病状の説明を聞いた。そのとき、淑子は医師に話した。

「十年も前に、私たちは話し合って、もう治らない病気のとき、最期の延命は御断りする、という約束をしました。尊厳死協会に入会し、娘も納得しています。その旨先生、お含みください」

　淑子は、Ａ４の紙に書かれ真吾のサインがあるその「リビングウイル」を医師に差し出した。若い医師はそれを見ると、

「わかりました。これをコピーしてもいいですか」と言った。淑子は「どうぞ」と言った。医師はすぐにそこでコピーして、淑子に返した。

　入院してから一年余りが経っている。

　呼びかけても反応のない状態が続いているいま、医師は何を考えているのだろうか。こんなに身体中むくんでいるのにどうして点滴を二十四時間続けているのか。臓器は全く働

いていないのだ。淑子は医師に尋ねた。

「何も食べていないのですから、これだけは私の立場上やめるわけにはいきません。一日五百ｃｃです」と言う。

全身相撲取りのように膨らんでいる。その皮膚からは、どこにも行き場のない水分が、にじみ出ている。そこに看護師は、ガーゼやタオルを巻き付けている。痛々しくて見ていられない。淑子は数日前から病院の宿直室に泊っていた。

真吾は、ハァーハァーと頭から被った袋状のマスクにボンベから送られてくる白い湯気のようなもやっとした酸素を吸って苦しそうにしている。傍らには心電図が上下している。

その朝、淑子は再び医師に訊いた。

「この苦しそうなのを和らげることはできませんか？」

「苦しそうに見えますが、意識がありませんから、本人には苦しい感覚はないのですよ」

と言った。その数日後の朝、医師は冷静に、次の言葉を告げた。

「彼は危篤状態に入りました。あと一週間がやまです」

淑子はショックだった。もう長くは生きられないと、覚悟はしていたが、一週間とは！

突然の宣告だった。もう一刻一秒も真吾のそばを離れることはできない。そのとき淑子の脳裏をよぎったのは、そのことと同時に、ああ、今日、ドイツ語のテストだ！　ということだった。なんということだ。あの難しいドイツ語と夕べも遅くまで格闘したのだ。昨日、理子に電話してまたもや真吾に付添っていてくれるように頼んでいた。その矢先だ。すぐに理子に電話する。

「危篤状態に入ったって。あと一週間がやまだって」淑子は涙声になった。

「あと一週間？　わかった。じゃあ今日、テスト受けに行っておいで。大丈夫だから。私がついているから」

「え？　そんなことできないでしょ。危篤なのに。今回はあきらめるよ」

「何を言ってるの。行っておいで。今日の今日ってことはないと思うよ」

「え？　ほんとうに？」

「ともかく予定通りにそっちに行くから」理子は落ち着いていた。

それから淑子の胸の裡で葛藤がはじまった。こんなときに、自分の勝手で大学のテスト？　あまりにわがままだ、愛する人の今わの際にそばを離れるなど、非常識だ。理子はああ言ったが、やはりこのまま病院に寝泊まりして辛くとも見守っていよう。淑子はそうきめた。

そこへ理子が来た。彼女はどうでも行って来なさいと言い切る。半日位のことだから大丈夫と。淑子はどきどきしたが、押されるように行くことにした。

教室に入るとすぐに教授に訳を話して、携帯の電源を入れたままで良いかと訊いた。教授は、そういうことならかまいません。しかし、よく出てこられましたね。とねぎらってくれた。

なんとか携帯も鳴らずに時間は過ぎていった。テストも無事に終わり、帰途を急ぐ淑子であった。

淑子が病院に着くと、真吾の状態は相変わらずでほっとした。娘にはいつも感謝しているが、淑子は今日ほどありがたく頼もしく思ったことはなかった。

その夜から、淑子は病室の壁際に簡易ベッドをおいてもらい、そこで寝た。

病室には、真吾と淑子が三人の孫を膝に笑っている写真が、ベッドから見えるところに飾ってある。まだ孫らが幼いころである。婿の陽一さんが撮って、A4の額に入れてくれたのである。

真吾は一人でいるとき、この写真を見ていただろうか。

危篤を告げられてから四日目だった。その夜、婦長が、淑子に「疲れているだろうから、今夜は家に帰って休んでください。なにかあればすぐ連絡しますから」と言った。淑子はなにより風呂に入りたかった。ありがたく思い帰宅させてもらった。入浴し、食事をとり、郵便物などを見ていると、電話が鳴った。すぐ受話器をとると病院の医師だった。

「奥さんですか？ ご主人の容態が急変しました。すぐ来てください」

「はいわかりました」受話器を置くと、ああ、こんなものか、わずか二、三時間離れただけなのにと淑子は無念に思った。

すぐ理子に知らせた。そしてHさん宅に連絡して一緒に病院へ向かった。梅雨明け前で強い雨が降っていた。激しく動くワイパー。淑子は覚悟していたものの、溢れる涙で前を走る車のヘッドライトがぼやけた。奥さんの真由さんは淑子の涙を拭いてくれた。

「淑子さん大丈夫かい。気持ちわかるけどさ。俺一杯やってるから運転替わってやれないし……」Hさん夫婦も淑子の運転を気にしながら鼻をすすっている。

「ごめん。しっかり運転する」淑子は気を引き締めた。

病院に着くと、酸素の道具もとりはらわれ、真吾は静かに横たわっていた。医師は形式的に胸に聴診器をあて、まぶたを開けてそして閉じた。

「ただいまご臨終です。九時三十五分」そう言うと淑子たちに一礼した。

いつもの医師ではなく当直医だった。

淑子はすぐ真吾の頬に手を当てた。まだあたたかい。真由さんは泣いている。

三人で真吾の体をなでた。滂沱の涙が真吾を濡らした。

「こんなにふくらんで、辛かったね。やっとらくになれたのね」

淑子と真由さんは、真吾の体温をてのひらから胸の中に取り込むように一生懸命になでた。と、医師が入ってきた。

「ペースメーカーを取り出す手術をしますから廊下に出てください」と言う。

ああ、そんなことをするのかと、溜息が出た。涙を拭いて廊下のソファで待っていると、理子が来た。手術は一時間近くかかった。

「どうぞ」と看護師に言われ病室に入ると、真吾は、淑子があらかじめ婦長に預けておいた、浴衣をほどいて縫った特大の甚平を着てさっぱりして横たわっていた。しかし、からだはもう冷たくなっていた。

看護師に、今夜のうちに斎場を決めるなりして、御遺体を移してほしいと言われ、二、三の斎場のカタログを渡された。淑子はそういうことかと、悲しみに浸っていられない現実を知った。

淑子は、H夫妻と理子と四人で、どのように真吾を送るか相談し、一軒の斎場を決めた。

電話でのやりとりで、日がわるいということで火葬場に移すのは二日後になると言われ、それまでその斎場の冷房室で預かるという段取りになった。遺体の運搬車が来た。冷たい真吾の顔をもう一度なでた。真吾は運ばれて行った。夜中の十二時を過ぎていた。

真吾と淑子は葬式はしないということを決めていた。それで娘一家と、家族同様につきあってきた和・ｉｎｇの仲間、娘婿の両親と、淑子の姪、これだけの人でささやかに葬送した。

火葬場で煙となり、天空に舞い昇った真吾は、やがてひとかたまりの骨となって、桐の箱の壺の中におさまった。それが、淑子の前に置かれたとき、家の中のしかるべきところに置かれたとき、やっと、真吾は別の世界に行ってしまったという事実を淑子は実感した。

やがてもろもろのことがすべて済んだあとに空しさと寂しさが襲ってきた。彼女は全身全霊で愛した人を思い、ふたりが四十五年間、変らぬ愛を貫いたことを思い心ゆくまで涙を流した。淑子の耳には真吾の声はいまも聞こえる。

（完）

あとがき

花見に行くと、桜の太い幹の、根元に近いところなどに、新しい芽が出ているのに気付かれると思います。わずか二、三センチの可憐な芽でありながら、ちゃんと花を咲かせている。それを「ひこばえ」と言いますが、次世代へつなぐ恵みをもたらすものです。行き詰まった主人公ふたりの再生を願う意味を込めて、一章のタイトルにしました。

昭和三十年代（一九五五）、まだ古い慣習が残っていて、親のきめた人と仕方なく結婚したとか、見合いの相手を何らかのしがらみから断れず、意に染まない結婚をした人はたくさんいました。

そのころ、こんな歌が流行りました。『愛ちゃんはお嫁に』というタイトルでした。♪さようなら／さようなら／きょう限り／愛ちゃんは太郎の嫁になる／おいらの心を知りながら／でしゃばりおよねに手を引かれ／愛ちゃんは太郎の嫁になる♪一番はこんな歌詞です。愛ちゃんは次郎が好きだったのに、でしゃばりおよね、つまり口のうまい仲人が無理に太郎の嫁にしてしまうのです。同じ体験をした同世代の心情を、この歌がいみじくも代弁しているから、大流行したのではないでしょうか。我が身と重ね、同じ悲哀を味わいつつ、鈴木三重子の哀愁を帯びた歌声が多くの人を惹きつけたのでしょう。

現代の人には考えられないことですが、そういう時代でした。

何にせよ、人は生れ落ちた時代を生きていくほかありません。この物語はそんな時代の中で、ひとりの男が安易な見合い結婚をして、悔やみながらも、そこから抜け出せない境遇に縛られ、耐え、諦めていたところ、あるきっかけから、生き直そうと決意する話です。

北海道は、十月末には木枯らしが吹きはじめ、十一月から翌年四月の雪解けまでの六ヶ月間は、寒い日が続きます。それだけに春待つ心はつよく、暖かくなると、万物の芽吹きに人々は欣喜雀躍するのです。

ひるがえって四国の高松は、一月末には早くも春の兆し。二月はもう春陽の日が多くなり、四月から十月まで、真夏の酷暑を含め七ヶ月間は暑いと言ってもいいほどです。関東はその中間ですから、まことに住みよいところです。この物語を書き終えて、こうした各地の気候について懐かしく思い出しています。

題字は、古い友人で、かな書家の吉田美鳳様に書いていただきました。厚くお礼申しあげます。推敲と校正を繰り返し、ようやく本として完成をみました。
東方社の浅野浩様に、多くの助言をいただき感謝しております。ありがとうございました。

二〇一六年　十月

本間美江

本間美江

1935年　韓国釜山生

1946年　旧満州より引揚げ、北海道に住む

1977年　埼玉県草加市在住

朗読ボランティアに携わる

2011年　放送大学卒業

2015年　緑綬褒章授賞

著　書　『生きてこそ』(2008年 新生出版)

『人生は上々だ』(2013年 松風書房)

結婚の地平

2016年11月29日　初版第1刷発行

著　者　本間美江

発行者　浅野　浩

発行所　株式会社 東方社

入間市下藤沢1279-87　Tel. (04)2964-5436

印刷・製本　株式会社 興学社

ISBN978-4-9906679-4-8 C0093 ¥1700E